小学館文庫

小説　映画ドラえもん

のび太の月面探査記

原作　藤子・F・不二雄

著　辻村深月

小学館

目次

小説　映画ドラえもん

のび太の月面探査記

プロローグ

月は、人が生きるには過酷《かこく》な世界だ。

まず、大気がない。これは、人が生きるのに必要不可欠な酸素がないということだ。つまりは息ができない。

最近の観測で氷の存在は確認できたものの、液体の水もほとんどない。

その上、気温差も激しい。月の昼間の最高気温は一一〇度。夜間の最低気温はなんとマイナス一七〇度にもなる。どちらも人が生きられる気温とは程遠く、しかも一日のうちで、実に三〇〇度近い差があることになる。

この〝一日〟だって、地球の二十四時間ではない。月の〝一日〟は地球の二十九・

五日分。長い長い、地球時間にしてほぼ二週間ほどの昼と夜が交互《こうご》に続く。

人が月に最初に降り立ったのは一九六九年だ。アメリカの宇宙船、アポロ十一号の乗組員が月面に最初の足跡《あしあと》をつけた。

月の重力は、地球の六分の一。そのため、体がふわふわと軽くなる。大きな宇宙服を着こんだ乗組員が、一歩ずつ、ゆっくり足を踏《ふ》み出《だ》すたび、その下で月の砂がふわっと柔《やわ》らかく、大きな動きで舞《ま》い上《あ》がる。その様子を、多くの地球人が、月の世界への憧《あこが》れと驚《おどろ》きをもって目撃《もくげき》した。


月は、生きるには過酷な世界。

しかし、それはあくまでも「人にとっては」という話。


月の上空を今、光の点がなめらかな動きで移動する。地球から送られた月の観測衛星だ。

月の空は空気がない分、星がとても美しくはっきりと見える。広い広い、宇宙の星々が輝《かがや》く月の空を、観測衛星が通り過ぎる。

月の世界は、今、多くの国の技術によってだんだんと観測されるようになってきている。

衛星からの信号をキャッチして、月面で今、一台のロボットがゆっくりと動き出した。周回衛星の動きを目で追うように、上部についたカメラを持ち上げ、だだっ広い月面世界をレンズが捉《とら》える。

日本の技術を搭載《とうさい》して作り上げた月面探査機「ナヨタケ」。

ナヨタケの名前は、日本人の多くにお馴染《なじ》みの月から来た美しいお姫様《ひめさま》の物語、「なよたけのかぐや姫」から取られたものだ。

月の表面は、レゴリスという名の細かい砂に覆《おお》われている。

月の表面についたぼこぼことしたあの模様は、隕石《いんせき》の衝突《しょうとつ》の跡《あと》で、クレーターと呼ばれている。大気に守られた地球は、ほとんどのものが大気圏《たいきけん》で燃《も》え尽《つ》きてしまうため、地表に直撃《ちょくげき》することは滅多《めった》にないが、大気のない月では、隕石の直撃が避けられない。そうやって地表が削《けず》られた結果、細かなレゴリスが生まれ、地面全体を覆うこととなった。

ナヨタケの足の部分は、戦車やクレーン車と同じ仕様のものだ。ベルト状につないだ板を車輪で回すことで、走行が難しい場所でも進めるようにしてある。その足が、レゴリスを踏みしめながら観測を続ける。ナヨタケの残した足跡が、細い二本の筋となって月面に残っていく。

一定時間動いては停《と》まり、静止した状態で何枚かの画像を撮影《さつえい》する。そのデータを、上空を飛ぶ衛星を通じて地球に送る。画面に映るのは、どこまでも広がる月の丘《おか》や地表。

今また、一度、画像を撮る。衛星が、ナヨタケの信号を受信する。

すると――。

人が生きるには過酷なはずの月面の、大きな岩の陰《かげ》に、ふっと何かがよぎった。

ナヨタケのカメラは、動くものに反応を示すようにできている。もっともそれは隕石の衝突などを捉えるために想定されたもので、生き物を捉えるためではない。月の世界に生き物がいるなんて、まず考えられないことなのだから当たり前だ。

ナヨタケのカメラが観測を再開する。何らかの動きのもとへ、向きを変える。影がよぎった岩の向こうに、ナヨタケが回り込む。何かの白い影が、そこに、確かに捉えられたかに見えた――その時だ。

ナヨタケの背後で何かが光った。いきなり照らし出された眩《まばゆ》い光の存在にナヨタケのカメラ部分がすばやくそちらの方向を振《ふ》り向《む》く。

と――。

カメラに向けて、突如《とつじょ》、何本もの柱が舞い上がる。竜巻《たつまき》のように渦《うず》状になった、レゴリスの柱。ドッドッドッ、とまるで機銃掃射《きじゅうそうしゃ》の攻撃《こうげき》のように何本も。柱の根本は、うっすらと光っている。

それまで静かだった月面に、まるで強い風が吹《ふ》き抜《ぬ》けたような衝撃《しょうげき》が走る。大気がない——だから風もないはずの地表に、柱が何本も続けて噴《ふ》き上がる。その衝撃が近づいてくる。

どうっ、と音がないはずの画面の中に、その音が確かに感じられるほどの何かが、カメラを正面から襲《おそ》う。頭をしたたかに打たれたように、ナヨタケのカメラが壊《こわ》れる。衛星との信号のやり取りが遮断《しゃだん》される。

最後に送られたその画像だけを残して、月面探査機ナヨタケが機能を停止した。謎《なぞ》の衝撃と光の余波を残して、画面が真っ暗になる。

第一章　異説クラブメンバーズバッジ

「のび太《た》！」

野比《のび》家の朝、いつも聞かれるママの声が、この日も、家全体に響《ひび》き渡《わた》った。

その声に「はいはいはーい！」と応《こた》えるのは、この家の長男・野比のび太。

遅刻《ちこく》が多く、ドジで、運動も苦手、学校の成績も０点続きの――だけど、とても優しい、メガネをかけた小学生の男の子だ。

「遅刻、遅刻、遅刻だーっ！」

ランドセルのふたを閉めるのもそこそこに階段を駆《か》け下りてくる。急いで下りたため、間を二段飛ばして足がもつれ、勢いで、床《ゆか》に顔から着地する。その弾《はず》みで、ランドセルのふたがベローンと開いて、教科書やノート、中身がすべて出てしまう。

「わーん。なんでこんなことにー！」

教科書を頭からかぶり、床にぶつけたあごをおさえながらのび太が嘆《なげ》く。するとその時、声が聞こえた。

『続いては、月のミステリーです』

声は、居間のテレビからだった。赤くなったあごをさすりながら、のび太が声に引き寄せられて、テレビの前に向かう。

ニュース番組をやっている。アナウンサーの後ろに、真ん丸に輝く月の写真がある。

『月面探査機ナヨタケが謎の白い影《かげ》をカメラに捉えました。こちらがその映像です』

映像が切《き》り替《か》わる。その「ナヨタケ」という探査機が撮影したものなのだろう。だだっ広い、月の上と思われる暗い地面が映っている。

『荒涼《こうりょう》とした月面に突如現れた白い影――』

のび太は「あっ」と目を見張った。

確かに〝白い影〟が映っていた。

岩陰のようなところに、白い何かが映り込み、そして、のび太の目には、それがすぐ、〝隠《かく》れた〟ように見えた。誰《だれ》かが、自分の意思でそうしたみたいに。

アナウンサーの声が続く。

『なお、この映像を最後にナヨタケとの通信は途絶《とだ》えており、専門家の間では太陽フレアによる磁気嵐《じきあらし》の影響《えいきょう》と見られているということで……』

画面は月面から再びスタジオに切り替わり、「太陽フレア」の説明画面になった。太陽での爆発《ばくはつ》、それが通信などに影響を及《およ》ぼすことがあるという説明だったが、のび太の興味はもうテレビ画面にはなかった。

「今の、もしかして……」

のび太が、背後に嫌《いや》な雰囲気《ふんいき》を感じたのはその時だ。

「のび太っ！」

ぎくっとして振り向くと、廊下《ろうか》にママが立っていた。足元に、のび太のランドセルから飛び出した教科書やノートがまだちらばっている。ママがじろりとのび太を見た。

「テレビを観《み》てる場合ですかっ！」

その声に、あわてて教科書をかき集め、ランドセルにしまう。「はい、はい、はーい！」と返事をして、急いで靴《くつ》を履《は》き、家を飛び出す。ランドセルのふたはまた閉め忘《わす》れたまま。

「いってきまーす！」

背中で教科書とノートが大きく揺《ゆ》れる。学校に急ぐ。

校門に到着《とうちゃく》すると同時に、チャイムが鳴り出した。

普段《ふだん》は校門に辿《たど》り着く前にもう鳴り終わっていることも多いから、のび太にしては上出来だ。ただ、ここで気を抜《ぬ》いたら本格的に遅刻してしまう。キーンコーンカーンコーン、という音を聞きながら、誰もいない校庭を一気に走り抜ける。

この頃《ごろ》、季節が急に秋になったことを実感する。

校庭のいちょうの葉っぱがいつの間にか黄色く色づいている。少し前まで半そでの服でも大丈夫《だいじょうぶ》だったのに、今はもう長そでの服じゃないと寒い。夜になったらもう一枚、上着を羽織《はお》らないといけない日も多くなった。

「おっはよー。はぁ〜、間に合った」

教室に到着し、胸をなでおろす。しかし、誰からも返事がない。不思議に思って顔を上げると、クラスのみんなが教室の真ん中に集まって、わいわいと何か話している。先生はまだ来ていなかった。

クラスの輪の中心にいるのは、ジャイアン。

本名は、剛田武《ごうだたけし》。体が大きな、のび太のクラスの〝ガキ大将〟だ。声が大きく乱暴で、運動神経はいいけれど勉強は苦手。のび太もこれまでおもちゃやマンガをとられたり、ちょっとしたことで殴《なぐ》られたりしてきたが、実は涙《なみだ》もろくて仲間思いな一面もある。大きな声で歌われる、あの音痴《おんち》な歌はカンベンしてほしいけど、本人は心底自分は歌がうまいと思っていて、将来の夢はなんと歌手になることだ。

ジャイアンが言う。

「あの月のニュース、宇宙人が映ってたって言ってるやつもいるんだろ？　つまりは月の——月面人《げつめんじん》！」

興奮したその声を聞いて、のび太はみんなも今朝のニュースを観たんだ、とわかった。どうやらあの〝月のミステリー〟のことで盛り上がっている。

ジャイアンを遮《さえぎ》って、別の声が言う。スネ夫《お》だ。

「いやあ、月面探査機の映像って、あれ、コマ送りで再生してるから、映像の合間に入り込んでたゴミがそう見えただけって話だよ」

スネ夫らしい意見だった。骨川《ほねかわ》スネ夫はお父さんが社長でおもちゃやマンガをたくさん持っているお金持ちの家の子。だから自慢話《じまんばなし》にうんざりさせられることも多いけど、こんなふうに妙《みょう》に物知りなところがある。

「コマ送りで再生してるってどういうこと？」

のび太も疑問に思っていたことを、しずかちゃんが聞いてくれる。神妙な顔をして頷《うなず》くこのかわいい女の子は源《みなもと》静香《しずか》。頭がよくて、優しくて、そしてお風呂《ふろ》が好きなきれい好きの女の子だ。

女の子に聞かれて嬉《うれ》しかったのか、スネ夫がその特徴的な尖《とが》った髪型《かみがた》をひとなでしてから、得意げに答える。

「ビデオみたいに続けて映像として撮《と》ってるわけじゃなくて、一枚一枚を短い時間にたくさん撮ってつなげて、動いてるみたいに見せてるってこと。すぐに通信が途絶えちゃったって話だし、その時だけ映り込んだホコリかゴミがあんなふうに影に見えただけのことだよ」

「確かに、通信が途絶えちゃったってテレビでもやってたわ。一体どうしたのかしら……」

ジャイアンにスネ夫にしずかちゃん。みんな、のび太とこれまで数々の冒険《ぼうけん》をともにしてきた仲間だ。いつも一緒《いっしょ》にいるというわけでもないのに、特にジャイアンやスネ夫はのび太とは対立することも多いのに――なぜか、不思議な縁《えん》でつながっているように、のび太は彼らのことを仲間だと思っている。

仲間。つまりは、友達《ともだち》。

そんな友達の意見を聞きながら、のび太は不思議に思った。どうしてみんな、あんな簡単なことに気づかないんだろう――。

スネ夫の意見が出ても、クラスのみんなはまだ好き勝手に盛り上がっていた。

「ゴミじゃなくて、幽霊《ゆうれい》だよ」

「幽霊?」

「じゃあ、エクトプラズムはどう? 人の魂《たましい》みたいなやつ」

「どうしてそうなるの」

ワイワイガヤガヤ、楽しそうに弾むみんなの声にはまだ、のび太の思う正解はない。みんな、本当にまだ気づいてないいんだ!

「え〜、おっほん!」

ランドセルを背負ったまま、大げさな咳払《せきばら》いをすると、議論に夢中になっていたクラスのみんなが一斉《いっせい》にのび太の方を振り向いた。全員の注目を一身に浴びながら、のび太が右手の人差し指を高く掲《かか》げる。

「月にいた、あの白い影の正体……」

まるで探偵《たんてい》がかっこよく、推理して犯人の名前を伝える時のように、その指をゆっくりと下ろし、そして告げる。

「それは、月のウサギだ!」

ずっと昔から言われてきたことだ。月にはウサギがいて、もちをついている。月の模様がもちつきをするウサギに見えると、のび太が小さい頃から大人《おとな》も言っていた。今朝《けさ》、映像を見てから、のび太は間違《まちが》いないと思っていた。

一同が、しんと静まり返った。

次の瞬間《しゅんかん》、みんなが、どうして誰もそれに気づかなかったのか、と驚き、のび太を称賛《しょうさん》するところを想像した。

しかし、そうはならなかった。

一瞬の間の後、のび太を包み込んだのは称賛の声ではなく、大きな大きな、まるで人をバカにするような笑い声だった。

「ギャーッハッハッハッハッハ」

「のび太、お前それ本気で言ってるのかよ」

「のび太らしいや」

笑われても、のび太にはそれがなぜおかしいのかわからなかった。それを言うなら、ジャイアンたちの言う月面人やエクトプラズムだって笑われてもいいのに、それらの意見と、自分のウサギの意見と、何が違うというのか。

「なんで？　月にはウサギがいるって言うじゃないか！」

納得できない思いのまま、それでも笑われたことにたじろいで黒板の方に一歩後ずさる。手に、何かがあたった。先生が授業で使う、長い教員用の定規だ。

みんな、月の表面の、ウサギそっくりのあの模様を知らないのだろうか。定規を手にして、のび太が「こうやって」と懸命《けんめい》にもちつきの真似《まね》をする。

「こんなふうに、おもちをついてる……」

そうやって定規をまさに振りかざした、その時だった。ガラッと教室の扉《とびら》が開く音が、夢中になっていたせいでまったく聞こえなかった。

バシッ、という音と、手元に固い衝撃。

あれっと思っておそるおそる、顔を上げる。するとそこに、先生がいた。のび太の手にした定規が顔に命中した、先生が。

「野比くん……」

先生の声は、怒《いか》りでワナワナと細かく震《ふる》えていた。怖《こわ》くて、答えられないのび太に、先生が大きく息を吸い込み、そして言った。

「廊下に立っとれーっ！」

命ぜられるまま、廊下に立つ。

せっかく遅刻せずにやってきたのに、一人ぽつんと立たされた廊下で、のび太はとても悔《くや》しくて、悲しかった。天井《てんじょう》を仰《あお》ぎ、だから、叫《さけ》んだ。

「ドラえもーん！」

のび太が思う、もう一人の大切な仲間。友達の名前。助けを求めるように、口にする。

●

しかし、のび太の大切な仲間——であるはずのドラえもんは、帰ってきたのび太の話を聞くなり、失礼極《きわ》まりないことに笑い転げた。

「月にウサギ？　ウシャシャシャシャシャシャシャシャ。よくまあ、そんなバカなこと考えたもんだ」

読んでいた本を放《ほう》り出し、あたりのものを蹴散《けち》らしながら笑うその様子に、のび太は思わず立ち上がった。

「ああっ！　ドラえもんまでバカにして！」

悔しかった。少なくともドラえもんなら、のび太の意見を真剣《しんけん》に聞いてくれると信じて、家まで帰ってきたのに。

ドラえもんは、二十二世紀の未来からやってきたロボットだ。のび太の孫の孫であるセワシという少年が、「年を取って死ぬまで、ろくなめにあわない」というのび太を「おそろしい未来」から救うため、未来から現在の野比家に連れてきた。

ドラえもんのおなかにある四次元ポケットには未来の世界のひみつ道具がいっぱい。これまで、のび太もそれに何度も助けられたり——あるいは、調子に乗った使い方をしてひどい目に遭《あ》ったりもしてきた。

「いいよ、いいよ。よってたかってみんなでボクをバカにすればいいんだ」

ドラえもんに背を向け、部屋の隅《すみ》にどかっと座り込む。むくれた顔つきで、ふいっと顔をそむける。いつでも、どんな時でも、ドラえもんだけは自分の話を頭ごなしに否定したりしないと思っていたのに。

「大人だって、月にはウサギがいるってボクたちにずっと言ってきたのに、いついないことになったんだよ」

第一、なぜいないと決めつけるのだろう。まだ誰も月のすべてを見たわけではないはずなのに。

そっぽを向いてしまったのび太に向け、ドラえもんがやれやれという顔をする。めんどくさそうに頭をかいて、けれど、ふと、その表情が何かに思い当たったふうになった。

「でもまあ、その考え方は一概《いちがい》に間違いとも言い切れない」

のび太が「えっ」という表情でドラえもんを振り返る。四次元ポケットを探り、ドラえもんがひみつ道具を取り出す。

「『異説クラブメンバーズバッジ』！」

コマのようにくるくる回りながら現れたのは、小さなバッジだった。回転をやめ、ドラえもんの手の上に載《の》ると、そこには円の中に一本横線を引いたようなマークが描《えが》かれていた。アルファベットの「e」の文字とも似ている。

ドラえもんが手にしているのは一つだけど、そばに置かれた箱にはたくさんのそれと同じバッジが入っているようだった。あとはなぜか、スタンド式のマイクのようなものもある。

「異説？」

聞いたことのない言葉だった。そっぽを向くのをやめてドラえもんに駆け寄る。ドラえもんが大きく頷いた。

「世の中にはいろんな考えを持つ人がいる。このバッジをつけると同じ考えの仲間になるんだ」

「いろんな考えって？」

まだピンとこない。ドラえもんがさらに説明してくれる。

「たとえば、地球は丸くて太陽のまわりを回ってる。これは誰でも知ってるだろう？　のび太くんでさえ」

「さえとはなんだ！　さえとは！」

「まあまあ。ところが昔はこれは『地動説』といって間違った考え方だとされていたんだ」

「じゃあ、昔の人はどんな考え方をしていたの？」

のび太が尋《たず》ねると、ドラえもんがバッジを手に載せたまま、続ける。

「昔の人は地球が宇宙の中心にあって、太陽も月も星もそのまわりを回っていると信じていた。この考え方を『天動説』という。さらに昔には、地球が丸いなんて夢にも思わず、平らだと信じている人がたくさんいたんだよ」

ドラえもんの説明を聞きながら想像してみる。地球だけが動かず、そのまわりの星だけが動く世界。

「アハハ、昔の人ってバカだなぁ」

思わず声に出すと、ドラえもんが小声で「もう、自分のこと棚《たな》に上げてよく言うよ」とボソッと呟《つぶや》く。バッジを自分の胸につけ、さっきバッジと一緒に取り出したマイクをのび太の机の上にコトッと置いた。

「『本当は天動説が正しい』！」

ドラえもんが声を吹き込んだ途端《とたん》、マイクの上部についていたアンテナのような部分が、ぶーん、と音を立てて、光りつつ回り出した。

「このバッジをつけて」

ドラえもんにバッジを渡される。そのマークをしげしげと見つめてから胸元につけると、バッジはピンで穴をあけたりする必要もなく、ペタリとしっかり、くっついた。

その途端、バッジの奥《おく》からふわーん、とあたたかな光が染《し》み出してくるようだった。

いつの間にか、部屋には『どこでもドア』が出されていた。

「さあ！　世界の果てを見に行こう！」

のび太の頭に『タケコプター』をくっつけ、ドラえもんが手を引く。ドアの向こうへ、ともに飛び出す。

「ちょっとぉー！」

まだどういうことかわからないままドラえもんと一緒にドアをくぐり抜けると、そこは、空だった。宙に浮かんだドアから、ドラえもんに導かれるまま、降りていく。

すると、音が聞こえた。

ドオオオー、というすさまじい音。

水音だ。

顔を上げ、のび太は息をのんだ。今見ているものが信じられなかった。

そこは海だった。ただ、のび太の知っている、あの海ではない。それは言ってみれば〝海の端《はし》〟。ドラえもんの言う通りの〝世界の果て〟だ。

この果てはのび太がこれまで水平線と呼んでいた場所なのだろうか。大きな海が途《と》切《ぎ》れ、そこからたくさんの海水が滝《たき》のように流れ落ちている。平たい地球の、ここが端っこ。果てなのだ。

「バッジをつけている人にだけ――つまり異説クラブのメンバーにだけは『天動説』の世界が本当になるんだよ」

言葉をなくすのび太の隣《となり》で、ドラえもんが胸を張って、堂々とバッジを見せる。

その時、のび太が大声を上げた。

「あ！　あの船が落っこちる！」

大きな青いタンカーが、今まさに地球の縁《ふち》の、流れ落ちる滝のような部分に近づいていく。このままでは海から落っこちてしまう――！

のび太が急いで助けに行こうと手を伸《の》ばすと、あわてたようにドラえもんがのび太の反対側の腕《うで》を引いた。

「大丈夫！　他《ほか》の人にはちゃんと丸い地球の世界なんだから。バッジを外してみな」

「え？」

言われるまま、バッジを外す。すると、その途端、今にも海の果てから落ちそうだった船の下が、どこまでも続く、のび太の知っているいつもの穏《おだ》やかな海に変わっていた。地球の果てから水が流れ落ちる、あのドオオーというすさまじい音も、もうしない。

「なあんだ。ただの海か……」

何事もなかったかのように遠ざかっていくタンカーを眺《なが》めながら、のび太はようやく仕組みが理解できた。ドラえもんが横で「ふふふ」と笑っている。

『どこでもドア』を通って、部屋に戻《もど》ってくると、のび太は大きく手を上げて「あー、おもしろかった！」と満足の声を上げた。

異説。

他の人が違うと言っても、誰かが信じている別の世界の可能性。

そんな考え方があること自体がわくわくする。「天動説」以外にも、きっと異説はあるはずだ。他には一体、どんな考え方があるのだろう。

「ねえ、ドラえもん。たとえば、世の中にはツチノコや雪男を信じてる人たちもいるけど、いるって言えば、いる世界になるの？」

「なるけど、ツチノコと遊ぶために道具を出したんじゃないぞ」

「なんのためだっけ？」

きょとんとした顔で問い返すのび太に、呆《あき》れながらドラえもんが答える。

「みんなに月のウサギをバカにされたのが悔しいんだろう？」

「あ、そっか」

「もう」

すぐ調子に乗るのはのび太くんの悪いところかもしれないけど、何か楽しいことが現れると夢中になって前のことを引きずらないのはいいところでもあるんだよな。

こっそりと、ドラえもんは思う。テヘへと笑うのび太を前に、気を取り直して説明する。

「さっきも言ったけど、のび太くんの考えもあながち間違いとは言い切れない。昔は月の裏文明説っていうのがあったんだ」

「というと？」

「わかりやすく言うとだな……」

ドラえもんがポケットをごそごそと探る。

「『実物ミニチュア大百科』！」

出てきたのは、分厚《ぶあつ》い本だった。これで勉強しろということ？　と一瞬《いっしゅん》面食らったのび太の考えを見透《みす》かしたように、ドラえもんが「ふふっ」と微笑《ほほえ》む。

「月の自転と公転」

そう呟いて、背表紙にあるボタンを押《お》す。表紙に手をかけて広げると、本の中はなんと空洞《くうどう》だった。そこからふわぁーっと星が飛び出してくる。

太陽と月、そして地球。

ミニチュアの星たちが、螺旋《らせん》状に回りながら、一気に宙に舞い上がる。三つの星は、それぞれ間隔《かんかく》をあけて配置につくと、ピタリと動きを止め、ついで規則正しく回り始めた。

それが実際の天体の位置なんだろうということが、のび太にもなんとなくわかった。互《たが》いの大きさや回り方も、実際の通りに作られたミニチュアなのだ。

「あれが太陽」

ひときわ大きく輝く、熱を感じさせる星。ドラえもんが指さし、説明していく。

「こっちが地球と月」

改めて見ると、太陽と比べて地球はこんなにも小さいのかと思う。そのまわりを回る月は、そんな地球よりさらにさらに小さい。

「月はいつも地球に同じ面を見せて回ってるんだ。だから月に探査機や観測衛星が飛ぶ前は、裏側の様子がずっとわからなかった。そのため、月の裏には空気があって、月面人が文明を築いていると考えた人たちもいるんだよ」

地球が回るスピードよりも、月が回るスピードの方がずっとずっとゆっくりみたいだった。ミニチュアの月が地球のまわりを回る様子を二人で見上げる。

「おもしろそうじゃない！」

思わずのび太の口から声が出た。ドラえもんが『実物ミニチュア大百科』を閉じてポケットにしまう。のび太が興奮して身を乗り出す。

「ボクらも月に住めるって信じよう！」

「じゃあ、さっそく……」

二人で、机の上のマイクに向かう。深呼吸して、のび太がマイクに向けて呼びかける。

「『月の裏には空気があって、生き物が住める』！」

マイクの上のアンテナのような部分が、仄《ほの》かに内側から光り始める。見えない風を受けたように、ぶーん、とすごい速さで回転を始めた。

『どこでもドア』で、月の世界への扉を開く。

最初はおそるおそる——、しかし、ドアを開け、息を吸い込んだ途端、のび太とドラえもんは「わあーい！」と歓声《かんせい》を上げた。

月の世界に、二人して走り出していく。

「宇宙服がなくても！」

「『テキオー灯』を浴びなくても！」

のび太が言い、ドラえもんが言う。そして二人の声がそろう。

「へっちゃら!!」

ドラえもんがさらに「重力も地球と同じになってる」と微笑む。地球と変わらずに呼吸ができて、同じように歩ける。

ここが本当に月の裏側だなんてことを忘れてしまいそうだ。のび太が足取り軽く、そう思いながらさらに進もうとした、しかし、次の瞬間だった。

立ち止まって息をのんだ。

「わぁぁぁぁ」

大きな大きな、感動のため息がもれた。

頭上に、満天の星が広がっていた。地球で見るのとはくらべものにならないほど、星ひとつひとつの光が近い。ただの光ではなく、それぞれが別々の輝きで空に存在する〝星〟なのだということがはっきりわかる。その重さ、厚み、明るさが手を伸ばせば届くようだった。地球から見た星空は平面に光の粒《つぶ》をまぶしたように見えるけど、月では星と星が平面ではなく、それぞれの位置が近いか遠いかまではっきりとわかりそうなほど、空に奥行《おくゆ》きが感じられた。

美しい――本当に美しい、星空だ。

そういえば、とふと視線を地上に向ける。前後に首を振ると、月の山脈の向こう側に、微《かす》かに青い光が見えた。

「どうやらここは月の裏側の端っこみたいだね。ちょっとだけど、地球が見える」

「やっぱり丸いんだね」

さっき見たばかりの天動説の世界を思い出して、不思議な気持ちになる。地球が丸いことは今はこんなにも当たり前だけど、昔の人は地球を外側から見たことがなかったのだ。

「月の裏側は今、夜なんだ。月の夜は地球と違《ちが》ってすごく長いんだよ。地球の時間で言うと、二週間くらい」

「へえ～」

のび太が感心した様子で言う。驚いているのかと思いきや、次の瞬間、のんきな
「たっぷり眠《ねむ》れてうらやましい！」という声がして、ドラえもんが「ありゃ！」とズッコケる。

「だけどこう暗くっちゃなにも見えないよ。それに、ブ、ブ、ブエーックション！何だか寒くない？」

くしゃみをして身を震わせながらのび太が言うと、ドラえもんが「今明かりをつける」とポケットをごそごそし始めた。

「『ピッカリゴケ』～!!」

現れたのは、小さな瓶《びん》だ。底の方に、輝く砂状の粒がたまっている。

「少し撒《ま》くだけで岩にくっついて増えて広がるんだよ」

ドラえもんが瓶を左右に振ってコケを撒くと、言葉通り、散らばった光の帯が、あっという間にさーっと広がっていく。地面から谷、丘を越《こ》えて、視界の端にある地平線まで。見渡す限りすべてが昼のように明るくなっていく。

「わあーい。明るくなった！　それに足元もあったかくなったような……」

「『ピッカリゴケ』は、日光と同じ働きをするからね。どんな場所でも繁殖《はんしょく》するし、春の地面みたいにあたたかいんだよ」

「へえ！　でもコケもいいけど、他にも緑がほしいな」

「よし！　もっと住みやすい場所に改造しよう！」

ドラえもんが『タケコプター』を取り出し、二人して空に舞い上がると、ドラえもんが大きなクレーターを指さした。

「あのクレーターにウサギ王国を作ろう！」

クレーターの中央に盛り上がった小さな丘がある。その上に降り立ち、ドラえもんがポケットに手を入れた。

「植物が育つには空気と光の他に水が必要だ。『どこでもじゃぐち』！」

いつでもどこでもひねれば水が出てくるひみつ道具の蛇口《じゃぐち》から、ジャー、とたくさんの水があふれだし、クレーター全体を湿《しめ》らせていく。

「次に、『インスタント植物のタネ』！」

「どんな植物なの？」

「フフフ。それは成長してからのお楽しみ」

『タケコプター』で空からタネをパラパラまいていく。

二人が中央の丘に戻る頃には、水を吸った明るい地面にもう緑が芽吹《めぶ》き始めていた。

「すごい！　もう芽が出てる！」

大きく息を吸うと、土の匂《にお》いがした。さっきまでのカラカラの地面とは明らかに違う、水を吸い込んだあたたかい土と草の匂いがする。まるで、春の始まりのような匂いが。

胸に、興奮が押し寄せてくる。思わず叫んだ。

「わあい！　これでボクが言ったことは間違いじゃない！　月には生き物が住めるんだ！」

「そう！　そして仕上げに……『打ち上げドーム』！」

ドラえもんが取り出したのは、打ち上げ花火のような筒《つつ》状の道具だった。よく見れば、導火線らしきものもある。一体何なんだろう、と見つめるのび太の前で、ドラえもんが手際《てぎわ》よく火をつけた。「さっ、離《はな》れて離れて」と、のび太の背を押す。

何か玉のようなものがシュボッ、と空に勢いよく飛びだした。

花火さながらにヒュルヒュルヒュルヒュル、と音を立てながら、天高くその玉が昇《のぼ》り、上空で何かが弾《はじ》けた。ドーン、という音とともに玉が爆発し、その衝撃が地面にドシーン、と降ってきた。

次の瞬間、のび太たちの頭上はうっすらと透明《とうめい》な光の膜《まく》に覆われていた。その透明な天井越しに、空に星が瞬《またた》いている。

巨大なドームが自分たちのいたクレーターをすっぽり覆ったのだ。

「これで万が一隕石が落ちてきても、ドームが王国を守ってくれる」

「ねえ、ドラえもん。そろそろウサギも出してよ！」

「よーし、それじゃあ……『動物粘土《ねんど》』！　ウサギも作っちゃおう！」

「作ろう！」

かわいい動物の絵が描かれたバケツから、両手いっぱいの粘土を取り出す。

「ウッサギー、ウッサギー」

歌うように口にしながら、長い耳と愛らしい目と、尖った前歯と――、と想像する。尻尾《しっぽ》って確か長くてひょろっとしてるんだっけ？　考えながら、作り、そして――。

「できた！」

声を上げて立ち上がると、ドラえもんが「どれどれ」と覗《のぞ》き込みにくる。しかし、のび太の作ったウサギを見た瞬間、その表情が曇《くも》った。

「ええっ⁉　これ？」

そこにいたのは、目がぎらぎらと大きく、尖った前歯が狂暴《きょうぼう》そうににゅっと突《つ》き出た、お世辞にもかわいいとは言えない〝できそこない〟みたいなウサギだった。長くて振り回したら武器になりそうなこの尻尾なんてまるで――。

「怪獣《かいじゅう》？」

思わずドラえもんが言ってしまうと、のび太が屈《かが》んでまじまじと自分のウサギ怪獣を見つめる。しばらく「うーん」と考え込んだ後で、「もっとかわいい方がいいか」と、ウサギ怪獣をぽいっと放り投げた。

「できた！」

作り直したウサギが二匹《ひき》、完成する。まん丸いフォルムの小さな体。足はスリッパでもはいているようにふんわりしていて、二本の耳も今度こそかわいらしい。尻尾も真ん丸だ。「どう？」と尋ねるのび太に「なかなかいいんじゃない」と答えるドラえもんも笑顔だ。

「名前がほしいな。月のウサギだから……」

「ムーンとラビットで、〝ムービット〟はどう？」

ドラえもんの提案に、のび太が「いいね！」と飛び上がる。

「ムービットに決まり！」

のび太が声を上げた瞬間、それまで粘土だったムービット二匹の体に鮮《あざ》やかな色が差し込んだように見えた。頬《ほお》や目に生気が宿り、形がよりはっきりと固まる。二匹が勢いよく、プルプルと身震《みぶる》いを始めた。

「ムームー」

「ビービー」

どうやら、これが彼らの言語らしい。元気よく、二匹がぴょこぴょこ飛《と》び跳《は》ね、そこら中を駆け回り始めた。

「わあー！　動いた！」

「月の世界のアダムとイブだね。どう？　スネ夫とジャイアンに見せたら？」

「うーん」

しゃがんでムービットを抱《かか》えていたのび太が、しげしげとその顔を見つめる。

月の世界の最初の二匹。ここからきっと、彼らの国が月にできていく。

「どうせならもっと王国が立派になってから見せて、あっと驚かせたいな！」

「それもそうだね。じゃあ、いったん家に戻ろう！」

「王国を頼《たの》んだよ〜！」

『タケコプター』で再び『どこでもドア』の方に戻る時、手を振ると、丘の真ん中に立ったムービットが元気よく二匹で、「ムームー！」「ビービー！」と手を振り返してくれた。

●

「どれくらいでウサギ王国ができるかな？」

『どこでもドア』で部屋に戻るなり、のび太がドラえもんに聞く。

月と地球の一日の長さが違うことを今日ドラえもんが教えてくれたけれど、これまで冒険に行った場所でも、のび太たちの暮らす世界と時間の進み方が違うことがよくあった。今日新しく始まったムービットたちの世界とのび太たちの世界では、小さなムービットたちの時間の方がずっと進み方が早いような、そんな気がしたのだ。

ドラえもんも同じことを考えているのか、「なるべく早くできるようにボクたちも手伝おう！」と笑顔で言う。

すると、一階から「のびちゃんたち、ちょっと来てー！」と呼ぶママの声がした。

降りていくと、ママがお財布と、なぜか花切りバサミを手にしていた。のび太たちに言う。

「今日は十五夜でしょう？　お月見に使うお団子とススキがほしいの。お願いできるかしら」

「ええーっ！　今から⁉」

もう窓の外が薄暗《うすぐら》くなり始めている。夕方だ。

「ススキなんてどこにあるのさ？」

「裏山に生えてるでしょ」

「遠すぎるよ～」

のび太がママにブーブー文句を言っている間に、ドラえもんが勢いよく「ボク、お団子！」とママのお財布の方を手に取ってしまう。

あ！　ボクもそっちの方が……。

のび太がそう思って振り向いた時にはもう、ドラえもんは勢いよく玄関《げんかん》の方に駆け出してしまうところだった。残されたのび太に、ママが、花切りバサミを渡す。

「じゃあ、のびちゃんはススキ、お願いね」

「ええ～」

不満の声をもらしながら、渋々《しぶしぶ》ハサミを受け取り、裏山に向かう。「ドラえもんのやつ、お団子のついでにドラ焼きも買うつもりだな」とぶつぶつ、文句を呟きながら。

夜のブルーと、夕方のオレンジ色が混ざり合った夕暮れ時の空。

見上げると、空にそびえる電波塔《でんぱとう》の向こうをカラスが数羽、飛んで行った。すでに満月が昇っていて、まだ明るさが残る空に光り輝く月は、どこかミステリアスだ。

あの月に、今日、自分が行っていたなんてにわかには信じられない。今頃、あの裏側で、のび太のムービットたちは何をしているだろう。

電波塔の下に行くと、ママの言った通り、一面のススキ野原が広がっていた。風にそよぐ時、月の光を受けた穂のすべてが黄金色《こがねいろ》に輝いて見えた。身を屈め、チョキンと一束、ハサミで切る。「ふー、やれやれ」と身を起こし、ススキを持ちかえる。

これでいいかな、と顔を上げ、前を向いたその時。

さっきまで誰もいないと思っていた電波塔の前に、一人の男の子が座っていた。

一人きり、じっとどこか遠くの方を見つめている。帽子《ぼうし》をかぶっているせいではっきり顔が見えないけれど、同じ小学校の子ではないことはわかった。このあたりでは見かけない子だ。

何をしているのだろう。のび太はつい声をかけた。

「ねえ！」

男の子が、のび太に気づいた。驚いたように立ち上がり、目を見開いてこっちを見る。

「キミもススキを取りに来たの？」

男の子は固まったようになって、ただ無言でこちらを見ていた。

しかし次の瞬間、帽子のつばをぐっとつかむ。顔を隠すように身を屈めた。

その途端、風が起きた。

さっきよりもずっと大きく、激しい風が。その風がススキ野原全体を舐《な》めるように吹き、裏山の木々がザワザワと揺れて騒《さわ》ぐ。思わずのび太は身をすくめた。

風が収まり、のび太が再び電波塔に目を凝《こ》らす。すると、そこにはもう誰の姿もなかった。ただ、木々から落ちた紅葉《もみじ》の葉っぱが数枚、ひらひら、静かに落ちているだけ。

「あれ？」

きょろきょろとあたりを見回すけれど、誰もいない。見間違いだったのかと思うような唐突《とうとつ》さで、謎の少年は消えてしまった。

野比家の縁側にのび太の取ってきたススキと、ドラえもんが買ってきたお団子が並ぶ。

だけどドラえもんはお団子ではなく、のび太が思った通りちゃっかり買ってきたドラ焼きをさっきからもぐもぐ食べている。

家族みんなで月を見上げる。

「きれいね……」

ママが言った。

庭に出ていた、パパも頷く。

「ずっと昔から、人は月を見上げて生きてきたんだな」

「ええ。あのかぐや姫だって千年も前のお話だものね」

「いつか、人が月に旅行する日がくるのかもな」

そういえば、以前この時代にやってきた〝四十五年後の〟大人になったのび太の話によると、のび太の息子になるノビスケはハネムーンにスペースシャトルで月に行ったそうだ。パパの思う未来の月旅行が現実になる日もきっとくる——。そんなことを思いながら、だけど、のび太は改めて不思議な気持ちになった。

こんなに近くに見えて、手を伸ばせば届きそうなのに、月に人が行くことは現代の技術でもなかなか難しく、叶《かな》わない。月って、本当に不思議な場所だ。

　そういえば、さっきの不思議な男の子は、どこから来て、どこに行ったんだろう。

　夜空に流れる雲の中で、ひときわくっきりと輝く大きな月を眺めながら、のび太は考える。


「のび太！」

　野比家の朝、いつも聞かれるママの声が、今日も家全体に響き渡る。

　ランドセルのふたが開いたままののび太が「はいはいはーい！」と家のドアから転がり出てくる。

「また遅刻だーっ！」

　そう思って一歩、外に出た時だった。

「よう、のび太！」

　後ろから声がして、振り返ると、ジャイアンとスネ夫だった。のび太が挨拶《あいさつ》を返すより早く、二人が何かを放り投げてくる。

「これやるよ！」

「ボクからも！」

咄嗟《とっさ》に手を出して受け取ってしまうと、手の中にあったのは、なんとにんじんと、にんじんジュースの缶《かん》だった。

「月のウサギちゃんにプレゼントしてちょうだい！」

そのまま、「ギャーッハッハッハッ！」と笑い声を響かせながら行ってしまう。残されたのび太は、一足遅《おく》れで悔しさがこみあげてきた。「くうー！」と声を出し、叫んだ。

「今に見てろよ！」

ひとまず、今は遅刻するわけにはいかない。再び走り出す。

そうやって懸命に急いだけれど、のび太が到着した時、もう始業のチャイムは鳴り終わった後だった。教室の中では、すでに先生がやってきて、「みなさん、おはようございます」と挨拶をしている。

腹立たしいことに、自分をからかったジャイアンとスネ夫はもう席についていて、のんきな声で先生に「おはようございます」と挨拶を返している。

「あちゃ～、もうホームルーム始まってるよ……」

遅刻を叱《しか》られることを思うと気が重い。なかなか中に入る決心がつかずに廊下の窓の下で身を屈めていると、その時になって初めて、今日は先生の隣に誰か——見慣れない男の子が立っているのに気づいた。よく見れば、クラスのみんなもその子を気にしてなんだかそわそわしている。

黒板を背に、先生が言う。

「今日は転校生を紹介《しょうかい》します」

「月野《つきの》ルカです」

中央に歩み出て、彼が無表情に挨拶する。少し、冷たい響きのある声だった。

「よろしくお願いします」

見慣れない男の子——、そう思ったけれど、その顔がはっきり見えると、のび太ははっとした。あの子は、昨日《きのう》の子だ。ススキを取りに行った裏山で電波塔の前に座っていた、あの不思議な男の子だ。

あの子は転校生だったのか！

「なんでぇ、あいつ。帽子なんかかぶりやがって」

「ほんと、気取ってるね」

「ちょっと脅《おど》かしてやろうぜ」

ジャイアンとスネ夫が小声で話す声が聞こえた。

先生から「一番後ろの席につきたまえ」と言われたルカが席と席の間を進もうとした時、間から、ジャイアンとスネ夫が二人してさっと足を突き出した。あの二人、ルカを転ばせる気だ！　のび太がそう思った、次の瞬間。

ルカが無言で帽子のつばをつかみ、顔を下に向ける。帽子の先がほんのりと明るく光った——ように、のび太には見えた。同じ光が、ジャイアンとスネ夫、二人の座る椅子《いす》の脚を包む。

その途端、二人が椅子ごと大きく転んだ。

ドターン、と大きな音を立て背中から転んだ二人を前に、みんなが笑う。先生も「何をやってるんだね」とあきれ顔だ。

二人が転んだその間を、ルカが素知らぬ顔をして通り過ぎる。無言のまま、自分の席に座った。

「いてて……」

「なんなんだよ、もう……」

釈然《しゃくぜん》としない様子で二人が起き上がるのを見ながら、のび太だけが、「今の光は……」と考えていた。今のは、ジャイアンとスネ夫が転んで、それで椅子が倒《たお》れたんじゃない。逆だ。椅子の方が先に倒れた。

それは、あの不思議な光が椅子の脚を覆ったからだ。

「なんだ、野比はまた遅刻か」

先生の声がして、のび太はようやく覚悟《かくご》を決める。立ち上がり、「遅刻しましたー！」と教室に入っていくと、先生から「ばっかもーん！」ときつい声が飛んできた。それを見て、みんながまたアハハ、と笑う。その間も、転校生のルカは、窓の外を一人見つめたまま、のび太の方を見ようともしなかった。

謎の転校生・ルカは、〝スーパー転校生〟だった。

その日の体育の授業中。

先生の笛の合図で逆上がりをする時、のび太は「今日こそは」と気合いを入れて鉄棒をつかみ、足を蹴《け》り上げた。もう少しで成功する……というあと一歩手前で逆回り。盛大にズッコケて地面に背中から叩《たた》きつけられる横で、「おお〜！」という大きな大きな、どよめきが聞こえた。

顔を向けると、ルカが鉄棒でグルグルと、何周も連続で回っている。回転は止まる気配がなく、それだけでも十分すごかったのに、次の瞬間、ルカがふわっと手を放し、宙を舞うと、空中で鮮やかに回転した。スタッと見事な着地を決める。

ルカの背中が太陽に手助けされたように、陽光に包まれて輝く。

クラスメートから、思わず拍手《はくしゅ》が上がった。

「あいつ……」

「オリンピック選手？」

さっきまで悪戯《いたずら》を仕掛けようとしていたジャイアンとスネ夫でさえ、ルカの身体能力の高さに唖然《あぜん》としている。

すごいのは鉄棒だけではなかった。

その後の百メートル走でも、ルカは圧倒的《あっとうてき》な速さでみんなを追い抜き、その様子に今度は見ていた女子たちから「きゃー！」と歓声が上がった。

ゴールしたルカを、ひとつ前の組で走り終えていた出木杉《できすぎ》が「すごいや、ルカくん！」と迎《むか》える。ジャイアンもまた、「どんな特訓してんだよ？」とルカの胸を親しげに軽く小突《こづ》いた。「リレーのアンカーは決まりだね！」と笑うスネ夫も楽しそうだ。

「我《わ》がジャイアンズに入らないか？」

そう言ってジャイアンが自分の野球チームにルカをスカウトしている間も、のび太はといえば、まだ走っていた。

ルカと同じ組でスタートしたのに、ルカをはじめ、みんなの背中があっという間に遠ざかってしまい、遥《はる》か彼方《かなた》だ。

ハアハア、と苦しげに息をしながら、ゴールの手前でつまずいて、そのまま顔からズズーッと地面にスライディング。みんながとっくに行ってしまった中、「イテテ」とどうにか立ち上がり、最後まで走りきってゴールする。

もう誰も見ていないけど最後まで走り切るその姿を、一人だけ——転校生ルカだけが去り際にチラッと振り返った。ただ、昨日裏山で出会ったことを思い出したのかどうかは、わからない。当ののび太は、全力疾走《しっそう》で疲《つか》れ果て、「へろへろ〜」とゴール地点に倒れ込んでしまっていた。


休み時間になって、しずかちゃんが水を替えた花瓶《かびん》を手に、階段を上がっていた。クラスの子が持ってきたコスモスはずっときれいに咲《さ》いていたけれど、今週に入ってからは花がくたっと萎《しお》れたようになって元気がない。

「お水が足りなかったのかしら」

呟きながら、花瓶を持って階段を上がろうとした時、上からルカがやってきた。なんとなく目が合う。さっき、体育で大活躍だった転校生が、コスモスの花をちらりと見た。そのまま、降りていく。

深く考えず、しずかちゃんは教室に戻ろうとした。すると……。

「あら？」

さっきまで萎れかけていたはずのコスモスがしゃんと花瓶の中で姿勢を正したように、どれも元気に花を持ち上げていた。しずかはなんとなく、ルカの背中を目で追う。しかし、ルカは振り向かない。

踊り場の窓から差し込む秋の風に、コスモスが気持ちよさそうに揺れていた。


放課後になって、昇降口で靴を履き替えるルカに、出木杉が話しかけた。

「ルカくん。転校初日はどう？　前の学校とだいぶ違う？」

いかにスーパー転校生だって初日はきっと心細いに違いない。そう思った出木杉の親切な声に、しかし、当のルカはちょっと戸惑《とまど》ったように見えた。

「前の学校？」ときょとんとした様子で呟き、それから思い出したように「あー、そうかそうか」と、まるで一人勝手に何かに納得したように頷く。

「うん。ここもすごく楽しいよ」

「そう？　よかった」

ちょっと肩透《かたす》かしを食ったように出木杉が頷くと、そこに楽しげな歌が聞こえてきた。

「そそらそら、ウッサギのダンス！」

「のびちゃん、やっぱり月にいるウサギもダンスが得意なの？」

「うるさーい！　いるったらいるんだ！」

ジャイアンとスネ夫に、またのび太がからかわれている。「またやってる」と出木杉が呆れてため息をつくと、ルカが出木杉を見た。

「キミは月に生き物がいると思うかい？」

「え？」

虚《きょ》を突《つ》かれたように出木杉がたじろぐ。けれどすぐ、首を振った。

「いたらロマンチックだと思うけど、残念ながら月には空気がないし、暑さや寒さだって地球とは比べものにならない。生き物が住むのは無理だよ」

「そう……」

その答えを聞いてルカが頷く。少しばかり、残念そうに。出木杉からふっとのび太の方に目線を移す。

「じゃあ証拠《しょうこ》を見せてみろ！」

問いつめてくるジャイアンとスネ夫に、むきになったようにのび太が言い返す。

「もう、後になって謝っても遅いんだからね!!」

その姿をじっと、ルカが見つめていた。

●

「ドラえもーん！　ウサギ王国、どうなってるかな？」

家に帰るなり、のび太がランドセルを下ろし、待ちきれないようにドラえもんに尋ねる。ドラえもんが読んでいたマンガを閉じ、「よし！」と『どこでもドア』を出す。

「様子を見に行こう。月の裏側へ、今日も出発！」

「おう！」

かけ声をかけて出かけようとしたその時、ドラえもんが「あ、とその前に」と急に向きを変える。のび太に向け、「これこれ」とバッジを渡す。大事な大事な、『異説クラブメンバーズバッジ』だ。

「バッジを忘れないようにしないとね」

「あ、そっか」

改めて、二人とも胸にバッジをペタリと貼って、ドアの向こうに出発する。

そんなのび太たちの様子を、静かに見つめる者がいた。

窓の外から、あの不思議な転校生、ルカが覗いていた。のび太の部屋は二階。――二階の窓から人が中を覗くのはまず無理だが、ルカはなんと空を飛び、野比家の窓を見下ろしていた。その頭にお馴染みの『タケコプター』の姿はない。

微かな光の膜のようなものが体を包んでいるように見えるが、ただそれだけ。体ひとつで、ルカは宙に浮いていた。

誰もいなくなった部屋に向け、ルカが降りていく。窓には鍵《かぎ》がかかっていたが、ルカが指先を少し上に向けると、見えない手に操《あやつ》られるように窓の鍵がカチリと開いた。

ルカが部屋の中に入り、興味深そうにあたりを見回した、その時。

「おやぁ！　地球にもカメが」

と、奇妙《きみょう》な声がした。その声にルカが一瞬動きを止め、自分の足元をちらりと見る。

すると、本棚《ほんだな》の前で何か小さな影が「ウサギとカメ」と書かれた絵本を開いていた。

「フムフム。地球の言語は単純ですね。すぐにマスターできそうです」

どうやらその小さな影は、ルカの仲間で、服に潜《もぐ》り込んで一緒に入ってきたようだ。ルカが小さなため息をつき、再び部屋の観察に戻る。最後に部屋の中央、『どこでもドア』の存在に気づくと、ゆっくり近づいていく。さっきまでこの部屋にいたあの二人が消えていった不思議なドア。

ルカがドアノブに手をかけ、回そうとすると——。

「なんと!!」

絶叫が部屋の中に響き渡った。ルカがびくっとなってドアにかけた手を止める。小さな影が、絵本の向こうでもがくようにバタバタ動いた。

「カメの足が遅いなんて書かれている。失礼な！　なんと失礼な！　地球人はワタクシの足の速さをご存じない!!」

「モゾ！」

ぴしゃりと、ルカの声が飛んだ。叱られた小さな影が、本の背後でぴゃっとあわてふためき、本の下に隠れる。ようやく「はいはい、静かにですね」とおとなしくなった。

気を取り直してルカが再び、『どこでもドア』に手をかける。ドアノブを捻《ひね》って、ゆっくりと開け——。

れそうになる。
景色《けしき》を見るよりまず先に、すさまじい突風《とっぷう》とともに、ルカの体が向こうに引き込ま
「！」
のび太の部屋の本棚、机、押《お》し入れのふすま、すべてのものがガタガタと動き、ル
カの体と同じく、扉の向こうに引っ張り込まれそうになる。カーテンが波打つように
激しく膨《ふく》らみ、机の引き出しが開いて、中に入っていた紙やノートがバサバサとあふ
れ出す。机の上のエンピツけずりが舞い上がり、けずりカスが宙を舞った。部屋の中
がまるで台風状態だ。
「ひえええええーっ！」
モゾが叫ぶ。これはたまらない、とばかりにもう一度。
「ルカ！　早くドアを閉めるのです！」
ルカがあわてててドアを閉める。閉める直前、ルカの目にドアの向こうの光景がはっ
きりと見えた。どこまでも続く、でこぼこのクレーターだらけの大地。こまかに広が
るレゴリス。その姿は――。
「月⁉」
ドアの向こうが、月とつながっている！

月には大気がないから、ルカがドアを開けたことで、部屋の空気がドアの向こうに引き込まれ、部屋が真空に近い状態になったのだ。

ドアを閉じ、ようやく嵐がやんだ状態になった部屋の中で、ルカが乱れた髪を押さえる。大変なことになってしまったけれど、わくわくとした高揚感《こうようかん》が、おなかの底から湧《わ》いてくる。本の下に避難《ひなん》するモゾに向け、興奮したまま呼びかける。

「ねえ、モゾ。すごいと思わない？　あの子なら、きっと……」

ルカが言いかけたその時、階下から、「のび太～？」という間延びした声が聞こえてきた。

「帰ってるの～？」

トントン、と階段を上がる音がする。

ルカがぎくりと姿勢を正す。「モゾっ！」と合図して自分のポケットに小さな影を押し込むと、そのまま左手の指先に力をこめた。床に散らかったたくさんの小物がその途端、ふわりと、柔らかく宙に浮《う》かぶ。まるで魔法《まほう》にかけられたように、すべてが元の場所に戻っていく。まるで映像の早戻しを見ているかのように、めまぐるしく。

「もう、ただいまも言わないで……」

のび太のママが部屋のドアを開ける。とそこには――。

「あら？」

誰の姿もなかった。部屋は、『どこでもドア』があるほかは、いたって普段通りののび太の部屋だ。さっきまで、確かに物音がしていたと思ったのに。

「変ね……。もう遊びに行ったのかしら。せっかくおやつの準備して待ってたのに」

のび太のママがそう言って出て行ってしまう。

その背中を、ルカは再び、部屋の窓の外で息を殺して見ていた。間一髪《かんいっぱつ》間に合った、と思いながら。

今のは、きっとのび太のママだ。「待ってた」という言葉が、その時ふいにルカの胸を衝《つ》いた。――ここはのび太の家。のび太が「ただいま」と言って帰る場所。

「おやつ……か」

「どうしたんですか、ルカ」

思わず呟いたルカの胸ポケットから、モゾが尋ねる。ルカは首を振った。

「なんでもないよ。行こう、モゾ」

そう言って、すぐにその場を去る。

しかし、少しだけ、思い出していた。自分にもかつてはそういう帰る場所――迎えてくれる、親がいたこと。それらがもう失われていること。彼らから自分が遠ざかった――遠ざけられた、ことを。

●

月のウサギ王国は、見違えるように成長していた。

「すごーい！　湖と島ができてる！」

ドームの中央には、今や大きな湖ができていた。その上に竹林が密集した小島のようなものがいくつか浮かんでいる。

「あの植物のタネは竹だったんだね！」

「ふふふ。『ピッカリダケ』だよ。月といえばかぐや姫だもんね」

竹林の中に、いくつか光る筋が見える。まるで昔話のかぐや姫の最初、姫が眠っていたあの竹みたいだ。高く伸びた竹の合間から光が差すのは幻想的《げんそうてき》な光景だった。

興奮するのび太を、ドラえもんが「あの一番大きな島に行ってみよう」と誘《さそ》う。

「だけど、肝心《かんじん》のムービットはどこだろう？」

のび太がそう言ったまさにその時、ザッザッザッザ、という小さな音が聞こえてきた。

音の方を向くと、かわいいムービットが一匹、竹の根本でタケノコを掘《ほ》り出している。

「ビー！」

全身で引き抜いて、喜びの声とともにこちらを振り向く。のび太と目が合った。

「いた！　元気だったかい？」

呼びかけた途端、ムービットが稲妻《いなずま》に打たれたように「ビビッ!!」と飛び上がった。

タケノコを守るように抱えて、その場から逃《に》げ出す。

「ああー！　待ってよー！」

「ボクらに作ってもらったこと、忘れたな！」

逃げるウサギの足がとても速いことを表す、「脱兎《だっと》のごとく」という言葉があるけれど、まさにその言葉の通りの速さだ。

「どこに行ったんだろう……」

見失い、トボトボ歩く途中、のび太がふと頭上を見る。するとそこに、小さなほら穴があることに気づいた。

「ドラえもん！　あれ!!」

そっと中を覗く。ドラえもんの口から優しい呟きがもれた。

「やあ……。子どもが生まれてる」

掘り出してきたばかりのタケノコが置かれた穴の中で、親らしいムービット二匹に小さなムービットたち三匹がくっついている。

「かわいいなぁ」

のび太がほっこりした気持ちで言うと、ドラえもんが顔を上げた。

「ほら穴じゃ住みにくそうだ。家の作り方を教えてあげよう」

「いいね！」

手近な竹を取ってきて、石斧《いしおの》でトントン、と割る。

「細く割った竹を組み合わせて、草や葉っぱで屋根を覆って——」

「入ってみて。あたたかいし、快適だよ」

のび太の持ってきた葉っぱを屋根に広げて家が完成すると、それまでおそるおそる、というふうにこっちの様子をうかがっていたムービットたちが少しずつ、表に出てきた。どうやら、少しの間に仲間がだいぶ増えたらしい。最初に見つけた家族の他にも、何匹ものムービットたちがわらわら集まってくる。

「わあ、もうこんなに仲間がいるんだね」

「ついでに火のおこし方も教えよう」

集まってきたムービットたちを前に、ドラえもんが二つに割った竹の上で、棒状にした細い竹をすり合わせ始めた。スリスリと動かし、摩擦熱《まさつねつ》で煙《けむり》が発生し始めると、興味をひかれたように、ムービットたちがドラえもんの手元を覗き込んでくる。

できた火種を元に、ドラえもんがボウッと竹の松明《たいまつ》に明かりをともすと、ムービットたちがびっくりしたように一斉に飛び上がった。

「使い方に気を付ければ怖くないよ」とドラえもんが教える。

「あと、じゃあこれも。『おもちつきセット』！」

「いいねえ！　月のウサギはやっぱり、もちつきしなくちゃ！」

もち米を蒸《ふ》かし、杵《きね》とウスとでぺったんぺったん、ともちつきしてみせる。ムービットたちはどうやら相当知能が高いようだった。すぐに理解して、自分たちでかまどを囲み、小さなもちを丸めて作り始めた。

お団子のように丸めたおもちを、まるでお供えのように台に載せてやってくる。ただ、それはドラえもんにだけ。

「わあ、ありがとう。おいしそうだね」

「ええ〜！　ちょっとボクには⁉　ボクもキミたちを作ったんだよ！」

憤慨《ふんがい》して立ち上がったのび太の体を、その時、一匹のムービットがスルスルとよじ登ってきた。そのままのび太のメガネを取り上げる。

「わあ！　何するんだ⁉」

「人間のものに興味があるんだよ」

「ええーっ！」

ドラえもんが言うが、見えなくなってのび太はパニックだ。「返せってば！」と手を伸ばすけれど、そのムービットが楽しそうにのび太の手を逃《のが》れ、メガネのレンズを使って目を大きくしたり小さくしたりと遊んでいる。

「ごめんね。もう返してあげて」

おもち団子を食べながら、ドラえもんが言うと、ムービットがようやく「ビビッ？」とドラえもんの方を見た。メガネを返してくれる。

「もう、ドラえもんばっかり神様扱《あつか》いでズルいや」

「まあまあ」

そう言いながら、ドラえもんもまんざらでもない様子だ。

焚《た》き火を囲んで、ムービットたちが回り、踊《おど》る。もち米を蒸かすあたたかな湯気から、おいしそうな匂いが立ち上っていた。

interlude

地球は、太陽系第三惑星《わくせい》、と呼ばれる。

これは宇宙における、地球のいわば住所のようなものだ。太陽を中心とした「太陽系」に並んだ星の三番目。地球に青い海と豊かな緑が誕生したのは、この太陽からの距離《きょり》のおかげだと言われている。太陽と近すぎず、遠すぎず。奇跡《きせき》のように条件が整った結果、そこに生き物が生まれ、育つ環境《かんきょう》が整った。

太陽系第三惑星である地球の豊かさは、ほかの多くの星から見ると驚《きょう》異的《いてき》なほどだ。

その太陽系から、遠く遠く、四十光年の距離を隔《へだ》てた宇宙の、別の恒星系《こうせいけい》。地球でも月でもない、太陽系のどれとも似ていない、赤茶けた星が宇宙に浮かんでいる。

星の表面は、暗い大地に覆われている。

それはどうやら、星全体を覆う緑色の分厚い雲が原因のようだった。昼間でもまるで夜のように暗い星――。

この星の名前は、カグヤ星という。

そのすぐ近くには、衛星らしき星が浮かんでいる。小さな衛星――カグヤ星にとっての〝月〟は、その端が一部不自然に欠けたように見え、完全な球体ではないようだ。


日の光が差さないカグヤ星。

大地はひび割れ、植物が死に絶えたように緑の形跡《けいせき》もどこにもない。

高度な文明があるのか、ビル群の先端《せんたん》のようなものが、近づくと見える。しかし、その多くが濁《にご》った色の海に沈《しず》み、今はもう機能していないのがわかる。

ビルは巨大《きょだい》な瓦礫《がれき》だ。もうどれくらい前のものなのか、今ある建物のほとんどが廃《はい》墟《きょ》のようになっていた。高かったはずのビルが途中《とちゅう》でぽきりと折れ、斜《なな》めに倒れかけている様子は、まるで海から無数の氷山が突き出ているようだ。

陸地には、ビル群の廃墟よりだいぶ背の低い、まるであばら家のような建物が広がっている。そちらの方が、この星に住む者たちの住居のようだった。

その街の頭上――。

暗い周囲の様子から浮き上がるように、城のようなものがそびえたっている。街の中には、ところどころ柱が立ち、その柱と城がケーブルのようなものでつながれている。まるで、街全体に張り巡《めぐ》らせた電線から城が養分を吸い上げているかのようだ。その建物だけが、この地で唯一《ゆいいつ》、煌々《こうこう》と光を放っていた。

その姿は、さながら、闇《やみ》の華《はな》。

下に茎《くき》のように伸びた塔があるが、その塔と城は直接つながっているわけではなく、よく見れば、城は空中にある。まるで磁力《じりょく》で浮かんででもいるかのように。その姿には高度な科学の力が感じられた。宙に咲く大輪の花のような城。星の空に君臨し、街を見下ろしている。

この城が、ディアパレスと呼ばれる、カグヤ星の中心だ。

その「帝《みかど》の間」に、今、ひとりの兵士がひざまずいていた。

「ディアボロ様、ただいま参りました」

玉座はそれ自体が一つの屋敷《やしき》のような造りになっている。謁見《えっけん》する者と、その向こうの玉座との間には大きな溝《みぞ》があり、その下は大きな池だ。舞台《ぶたい》のように張り出た橋の先までしか、兵士たちは進むことが許されない。

玉座である屋敷の前に降りているのは、御簾《みす》。

その向こうに鎮座《ちんざ》するこの星の帝——ディアボロの姿は、兵士の方からは見えない。

赤い兜《かぶと》と甲冑《かっちゅう》に厳《おごそ》かに身を包んだ兵士に向け、光る御簾の向こうから声だけが答えた。

「ゴダート隊長。まだエスパルは見つからぬのか？」

「はっ。可能性のある場所はあらかた探したのですが……」

ゴダート、と呼ばれた隊長が答える。兜と一体化した顔を覆うマスクのせいでその表情は見えないが、声から緊張《きんちょう》が感じられる。

御簾の向こうから、いらだつような声が返ってくる。

「よもや手を抜いているのではあるまいな。お前たちにはエーテルレーダーを預けておるというのに」

ゴダートが顔を上げる。

「お言葉ですが、そのレーダーが反応しないのです」

「口を慎《つつし》めっ！」

声が飛んだ途端、下の池から巨大な水柱が上がった。舞台までその水が押し寄せ、ゴダートの姿が中に飲まれる。ゴダートは、右手は太ももに載せ、ひざまずく姿勢は崩《くず》さぬまま、水に曝《さら》された屈辱《くつじょく》に黙《だま》って耐《た》えていた。飛沫《しぶき》が収まってから、深く頭を下げた。

「……ご無礼をお許しください」

「よいか。この星を救うにはエーテルの力が欠かせぬ。必ずやエスパルを捕《と》らえ、我が前に連れてくるのだ。いいか、これが最後の機会と思え」

「はっ」

御簾の向こうの光が消える。兜を滴《したた》る水の音を聞きながら、ゴダートがぎゅっと小さく拳《こぶし》を握《にぎ》り締《し》めた。


ディアパレスの下——軍の捜索船《そうさくせん》の待つドックにゴダートが戻ってくる。整備用のクレーン車やメンテナンス車が行き交う中、現れた自分たちの隊長を部下たちが迎える。

ゴダートの部下の中でも特に付き合いの長い、クラブとキャンサーのコンビだ。

「ゴダート隊長！　ディアボロ様はなんと？」

「オレたちのようなお荷物部隊には、これがラストチャンスだそうだ」

もう長い長い間、何の成果を上げることもできないお荷物部隊。自分たちがそう呼ばれていることを、ゴダートはじめ、捜索隊の全員が知っている。クラブとキャンサーが顔を見合わせ、すぐに、先を行くゴダートを追いかけた。

「しかし隊長。本当にエスパルなんているんでしょうか？　あんなの昔話に出てくる救世主でしょ？　この星の文明を発展させたっていう……」

「そんなのいるわけないですよ。仮にいたとしたって、どうせただの人間だったに決まってます」

「人間どころか、悪魔《あくま》だって説もありますけどね」

「どっちにしても見つけられないのは、俺たちのせいじゃないですよ！」

エスパルは、大昔、この星にいたと言われる幻《まぼろし》の生き物だ。カグヤ星に暮らす子どもたちなら誰だって、夜寝《ね》る時に親に一度は聞いたことがある昔話に登場する。捜索隊の全員が、本当は思っていた。そんな架空《かくう》の存在を大真面目《おおまじめ》に何百年も探すなんてどうかしている、と。その不満と疑問を口に出せないのは、ディアボロの命令が絶対だからだ。

だけど、内心は隊長だって、こんな無意味なことをさせられるのに嫌気がさしているのではないか——。そう思う部下たちに、しかし、ゴダートの反応は淡々《たんたん》としていた。

「そう言うな。エスパル捜索は我々の任務だ。どんな言い伝えだって、火のないところに煙は立たんさ。それに——」

捜索船の前に立ち、ゴダートが船を静かに見上げる。甲冑の上から、胸の上部に手を当てる。その仕草は、何か大事なものをいとおしむかのようだ。呟くように言った。

「そろそろ予言の時でもあるしな……」

「隊長?」

「いや、なんでもない。行くぞ。出発だ!」

部下に合図し、船に乗り込む。

厚く垂れこめた雲の天井を突き破るようにして、ゴダートの捜索船がカグヤ星を出《しゅっ》立《たつ》する。

第二章　ウサギ王国への招待状

空き地に月見草が咲いていた。

そこにいるのは、いつものメンバー。ジャイアン、スネ夫、しずかちゃん。みんな、のび太に「見せたいものがある」と言って集められた。

「なんだよ、いいものって」

「くだらなかったら承知しないぞ！」

ジャイアンとスネ夫の声を受けながらも、今日ののび太は自信満々の表情だ。

「ジャジャジャジャジャーン！」

土管の前に立って、みんなに向けて掌《てのひら》を広げる。その上に載っているのは特徴的《とくちょうてき》なマークが入った、あの『異説クラブメンバーズバッジ』だ。

「お待たせしました！　月のウサギ王国への招待状だよ！」

「ええーっ！」

「どういうこと？」

たちまち、三人から驚きの声が上がる。「ウサギ王国ってウサギがいるのか？」と尋ねるジャイアンにスネ夫が呆れがちに「いるわけないでしょ」と答える。

「月に生き物が住めるわけないんだから」

「それがそうとも限らないんだな～」

スネ夫の声を待ってましたとばかりにのび太が反論すると——、突然《とつぜん》、「ねえ！」と声が割って入った。

「ボクも仲間に入れてよ！」

その声に全員きょとんとして顔を上げる。振り返ると、空き地の入り口にルカが立っていた。

「ルカくん」

「ルカでいいよ。それより……」

みんなの注目をさらったスーパー転校生がにこやかな表情で言う。その表情のまま、ルカが尋ねる。

「月の王国って、どういうこと？」

ルカの目が、射抜《いぬ》くようにのび太をまっすぐ見た。


のび太の部屋にいつものメンバーがやってくる。

「オッス！」

「お邪魔《じゃま》します」

「相変わらず汚《きたな》い部屋だね～」

ジャイアン、しずかちゃん、スネ夫。それに――。

「おや、キミは？」

『どこでもドア』を用意して、ドラえもんは月へ行く準備万端《ばんたん》だ。帽子をかぶった見慣れない男の子の存在にドラえもんが首を傾《かし》げると、のび太が「転入生のルカだよ」と説明する。

「月に興味があるんだって。異説クラブのメンバーに入れてあげてもいいかな？」

「いいとも！　バッジはたくさんあるし」

バッジの箱を持って、ドラえもんがルカに近づき、挨拶する。

「ボク、ドラえもん。よろしくね」

「うん。よろしく」

言いながら、箱の中のバッジをルカが手に取る。その時、ドラえもんの手に何か
——もうひとつ、小さな手がかすめたような感触《かんしょく》があって、「ん?」と思う。箱を確認するけれど、異常は何もない。不思議に思いながらも、バッジの箱をそのましまった。

「みんな! バッジはちゃんとつけた?」

『どこでもドア』の前に、バッジをつけた、異説クラブのメンバーが全員並ぶ。まだ不満げに「つけたぞ!」「もったいぶんなよ!」と言うジャイアンとスネ夫の前で、ドラえもんが得意げに胸を張る。

「それじゃ、月のウサギ王国へしゅっぱーっつ!」

ドアを潜《くぐ》り抜け、月の裏側へ飛び込んでいく。

月の裏のウサギ王国のドームは、さらにさらに様変わりしていた。

ドーム全体がまるで大都市か、一大テーマパークのようだ。前回巨大な竹林に覆われていた中央の島に、にんじんを彷彿《ほうふつ》とさせるような大きな塔ができていた。塔の先からふさふさした葉のような緑が豊かに生い茂《しげ》っている。

色とりどりの明かりが、その島の方からこちらをピカピカ照らしていた。

「これがウサギ王国⁉」

「月の裏側？」

ジャイアンとスネ夫が、島の方を見ながら唖然《あぜん》としている。『ピッカリダケ』の光る様子にしずかちゃんが「わあ！」と歓声を上げた。

「まるでかぐや姫の世界みたい！」

「だけど、おかしいじゃない！　月の重力は地球よりずっと小さいはずだぞ。どうなってるんだよ！」

スネ夫が気を取り直したように文句を言うが、ドラえもんがバッジを示して「それはこのバッジのおかげです」と自慢げに胸を張る。

その時――。ピョンコ、ピョンコ、と小さな音が近づいてきた。

音とともに、だんだん、その姿が見えてくる。ウサギ型の小さなカート。それが、ひょこひょこ跳《と》ぶ動きを繰《く》り返しながらこっちにやってきているのだ。

停止したカートから、ムービットたちが現れた。長い耳と赤い目を持つその姿に、ジャイアンとスネ夫が驚愕《きょうがく》する。

「ウサギっ⁉」

「そんなバカな！」

しずかちゃんが「かわいい！」と声を上げる。

その声を聞きながら、のび太は嬉しくて嬉しくて仕方なかった。

「やあやあ、出迎えごくろう！」

調子に乗ってそう歩み出ると、ムービットたちが「ムムー」「ビビー」とこっちにやってくる。今度こそボクのことを覚えてるんだ！　と駆け寄ろうとした途端、のび太を素通りしたムービットたちが一路、のび太の後ろのドラえもんの方に走り寄って行った。

「ムームー」「ビビビー！」と大はしゃぎする様子に、ドラえもんが嬉しそうに「みんな元気だったかい？」と語りかける。

のび太がチェッと舌打ちする。

「もう！　またドラえもんばっかり神様扱い……」

カートに乗り、橋を通って王国の内側へ。

橋の向こうに近づいてくる王国の様子に、ドラえもんとのび太の口から、思わず感《かん》嘆《たん》のため息が落ちる。

「街がさらに大きくなってる……！」

「ふふっ。これはボクらの文明もあっという間に追い抜かされちゃうかもね」

カートの横を景色が次々流れていく。

池に三日月形のゴンドラが浮かび、街の中には、お団子の形に連なったモノレールが走っている。街のあちこちの建物の窓から、たくさんのムービットが身を乗り出してこっちを見ていた。

「ボクたちを歓迎《かんげい》してくれてるんだ！」

のび太たちが手を振る間、ジャイアンとスネ夫の驚きはまだまだ続いていた。

「見て、おもちのレンガで家を建ててるよ！」とスネ夫が言えば、「あっちはもちコンクリートだ」とジャイアンが指さす。心なしか、ふくよかなもち米の匂いもするような——。

「なんだかおなかすいてきちゃったよ」

スネ夫が言うと、その声を聞いていたように、カートが街の中に到着してすぐ、コック帽をかぶったムービットがやってくる。

「ビビッ！」

コック長がパンパン、と手を打ち鳴らすと、それが合図になった。

「うわあーーー!!」

「すごいごちそう！」

「いただきまーす！」

串《くし》団子にもちエクレア、キャロットケーキにおもちのアイス。もちピザにおしるこ、それにもちろん、もちドラ焼き。

歓迎のごちそうに、みんなして夢中になる。

「おいしーい！」

全員の声がそろい、笑顔になった。

ごちそうを食べ終え、のび太が「あっちのにんじんみたいなタワーにも登ってみたいな！」と立ち上がる。

すると、その時、のび太の足元を、本を読みながらちょこちょこ歩いてきたムービットがいた。二人がぶつかり、のび太がスコーンとひっくり返る。

「いったぁ～。なんだよぉ？　もう、危ないじゃないか！」

のび太が起き上がり、手を振り上げると、ぶつかったムービットが「ビビッ！」と飛び上がる。そのまま、図々《ずうずう》しくもしずかちゃんの手元に避難する。

その顔を見て、のび太はあっと思った。他のムービットと違い、一匹だけ、メガネをかけている。しずかちゃんもそれに気づいた。

「ねえ。この子、のび太さんに似てない？」

「ええーっ⁉」

のび太がメガネをかけ直しながらよく見ようとすると、すかさずスネ夫の声が飛んできた。

「ほんと、ドジなところがそっくり！」

「じゃあ、名付けてノビットだな」

「ええー！」

ジャイアンまでそう言って、のび太が不満の声をあげるが、その時になって、ふっと思い出した。この前、ウサギ王国に来た時、自分のメガネをしげしげと見つめ、レンズで遊んでいた一匹のムービットがいたことを。

「キミはひょっとして、ボクのメガネを見てたムービット？」

「ビビッ？」

メガネを外して、キュッキュッと几帳面《きちょうめん》に拭《ふ》く様子を見ながら、ドラえもんも「ああ」と思い出したようだ。

「自分でメガネを作ったのかな？」

「どれどれ、ちょっと貸してよ」

のび太が自分のメガネをおでこに上げ、ノビットの小さなメガネを試しに借りてみる。けれど、一瞬覗き込んだだけで、すぐに「ぎゃっ！」と声を上げた。

「何これっ⁉」

渦巻き状に、ぐにゃぐにゃに視界が歪《ゆが》み、向こうにあるものがろくに見えない。ピントがずれたメガネ。これならしない方がマシだ。

「余計見えづらいよ。メガネは物をよく見るための道具なのに、これじゃあべこべだよ！」

思わずのび太が言うと、ノビットが憤慨したように「ビビッ！」と声を上げてメガネをのび太から取り上げる。大事そうに元通りかけ直すその様子を見て、ドラえもんが笑った。

「あの子にはあのままの、あべこべ道具でいいみたいだね」

「変なの！」

のび太が言うと、しずかちゃんがノビットの目線まで屈みこむ。

「ノビットちゃん。ウサギ王国を案内してくれない？　お願い」

しずかちゃんが優しく言うと、ノビットの顔がぽーっと赤くのぼせ上がった。

「ノッビビー！」

と胸を叩いて請《う》け合うその姿が、言葉がなくても「おまかせください」とそのまま聞こえた。その姿を見て、ジャイアンが「やっぱりノビットだぜ」と笑う。

王国中央のキャロットタワーの中は、巨大な商業施設《しせつ》だった。

まず、下の階におもち工場。

月の模様そっくりなウサギロボットたちが、リズミカルな動きでぺったんぺったん、とおもちをついている。その向こうに広がる長いレーンで、ムービットたちが手作業でおもちを丸めている。

他にも、ムービットたちの図書館や、月の形のブランコが揺れる公園、遊園地、ミュージカルシアターやDJブース、ゲームセンター。ありとあらゆるものがある。

「すごい。無重力で踊ってる。ムーンディスコだ」

ミラーボール輝くダンスホールでムーンウォークをするムービットたちを見てスネ夫が感嘆のため息をもらした。

「あー、楽しかった」

「ノビットちゃん、ありがとう」

王国をあちこち見て回った後、しずかちゃんがノビットの頭を撫《な》でる。来る前はあれだけ渋《しぶ》っていたジャイアンでさえ、「ウサギ王国、最高だぜ！」と気持ちよさそうに叫ぶほどだった。

しかし、スネ夫だけはまだ少し不満げだ。

「でもやっぱり変だよ。月にウサギなんて……」

その途端、「うるせえ！」とジャイアンのげんこつが飛んだ。グッ、と声を出して崩れ落ちるスネ夫に向け、ジャイアンが言う。

「月のウサギを信じないやつはオレ様が許さねえ！」

「わかったよ。いるって言えばいいんでしょ⁉」

あれだけのび太をからかっておいて現金なものだが、その声を聞いてのび太が「やったー！」と飛び上がった。

「これでボクの説が証明されたぞ！」

そうやってのび太が喜ぶ中——、実は、この中で誰よりもこのウサギ王国に驚き、心の中でずっと疑問を持ち続けていたメンバーがいた。

ルカだ。

王国を見て回る間中——いや、月に着いてからというもの、言葉が出ないほど圧倒され続けていた。

「ねえ。月にどうしてこんな豊かな国があるの？」

ようやく、ルカが尋ねる。のび太がドラえもんを見た。

「ドラえもんは二十二世紀から来たロボットなんだ。未来の世界のひみつ道具の力でいろんなことができるんだよ」

ドラえもんがルカの胸元のバッジを指さす。

「実はそのバッジの力なんだ。世の中で当たり前とされている定説とは別の、異説の世界を実現する道具だよ。今、ボクたちはみんな、月の裏側には空気があって生き物が住めるっていう説を信じる仲間になった。その中で、ボクとのび太くんでムービットの国を作ったんだよ」

「なんでえ。そういうことかよ」

「だから変だって言ったじゃん！」

ジャイアンとスネ夫が言うが、しずかちゃんだけはノビットを見つめて微笑んだ。

「でもロマンチックよ。月のウサギが本当になるなんて」

説明を聞き、ルカが顔を輝かせる。

「すごいや……」

思わず声がもれた。

「このバッジがあれば、じゃあ、どんなことでも実現できるの？」

「いや。実現できるのはあくまで長い間信じられてきた『異説』だけなんだ。その場の思いつきや願い事を叶える道具じゃない。ずっと語ってきた人たちがいてこその『異説』なんだよ」

ドラえもんがルカに説明した後で、妙に神妙な顔つきになる。

「みんなもよく聞いて！」と手を振り上げた。

「今、月に空気があるのはこのバッジのおかげだからね。バッジがなくなると息ができなくなるから絶対に外さないこと。外したら宇宙空間に投げ出されたのと同じことだからね！」

「ええっ！　そうなのかよ。おっかねぇ〜」

説明を聞いて、ジャイアンとスネ夫が腕を抱《だ》いて身震いする。しずかちゃんが不思議そうにムービットたちの街に目をやった。

「じゃあ、バッジのない人にはウサギ王国が見えないの？　ノビットちゃんたちの姿も？」

「そう。異説の世界で作られたものは定説の世界からは見えないんだ」

「じゃあ、ボクたちは？」

のび太が聞く。今こうやって月の世界にいるところを、たとえば、地球から来た月面探査機が観測したらどう見えるのだろう。

「ボクたちは定説の世界からやって来たから、バッジをつけていない人にも見える。ただし、ウサギ王国の中にいる間は見えない」

「なんだかややこしいなぁ」

「とにかくバッジを外さなきゃいいんだろ」

ジャイアンとスネ夫が言うと、ドラえもんが「まあ、そういうこと」と肩をすくめた。

「それだけは絶対に気をつけてね」

◐

月のウサギ王国には映画館もある。

今、一番の人気作は怪獣アクションの超大作だ。

ドラえもんたちが映画館の前にさしかかった時、中で上映されている映画はちょうどクライマックスを迎えていた。主人公とヒロインが、冒険のさなかに愛を囁《ささや》く名シーンだ。

「ムビーム」

「ムビーム♡」

二匹が手を取り合い、近づいたその時。ズズーン、と重たい振動《しんどう》の音が画面の中に響き渡る。異変に気づき、はっとした表情の二匹。すると視線の先に――。

その時、スクリーンがぐらりと揺れた。映像の中ではなく、現実の、本物のスクリーンの方が。

ズン、と重たい衝撃が劇場に走る。スクリーンの中央に、ビリッという音とともに、小さな亀裂《きれつ》が入り、穴があいた。その穴から、何かが飛び出す。クンクン、と匂いを嗅《か》いで様子をうかがっている。誰かの鼻のようだ。

観客のムービットたちがぎょっとしたように目を見開く。

次に覗いたのは、――鋭《するど》い爪《つめ》だ。

尖った爪が、スクリーンを大きくビリビリに引き裂《さ》いて、そこから狂暴そうな顔が覗く。映画の宣伝ポスターにいたのとは違う、長い耳の大怪獣が両手でスクリーンを引き裂き、雄《お》たけびを上げながら客席に突入してきた。

「ムガビーッ‼」

ビビーッ！　と客席のムービットたちが一斉に悲鳴を上げて飛び上がる。しかし、3Dメガネをかけているムービットだけは、それを3Dの演出だと思って動じない。

ワンテンポ遅れてメガネを持ち上げ、ようやく「ビビーッ！」と逃げだした。

逃げまどうムービットたちが、映画館から次々跳ねるように飛び出してくるのを、外にいたドラえもんたちは「なんだか騒がしいね」と首を傾げて見ていた。

「運動会でもしてるのかな」

「でも、なんか逃げてるみたいな……」

ミシミシッと頭上で音がした。一同が気づいて上を見ようとすると――、ドガーン、と映画館の壁《かべ》を壊し、巨大な怪獣が飛び出してきた。その姿を見て、のび太があっと声を上げる。

「あれは、ボクが作ったウサギ怪獣！」

長い耳、ギラギラと大きな目、尖った前歯。長く振り回す強そうな尻尾。できそこないの失敗作だと思って捨ててしまったけど、あの怪獣も『動物粘土』で作ったんだった。すっかり忘れていたけれど。

唖然とするのび太たちの前を、ウサギ怪獣が横切る。のび太たちと一緒にいたノビットを、その時、ウサギ怪獣の前歯が捉えた。ノビットをくわえたまま、怪獣がジャンプする。

「ノビット‼」

ノビットが「ノビ～～！」と悲鳴を上げた。のび太たちの目の前でキャロットタワーの分厚い窓ガラスを突き破り、街に落下していく。行く手に見えるのはモノレールだ。

「まずい！」

ウサギ怪獣の腕がはっしとモノレールのレールをつかむ。鉄棒にぶら下がるような具合にぐらりぐらりと、体をゆする。モノレールの車両から、ムービットたちの「ビビーッ！」という無数の悲鳴が上がる。ウサギ怪獣が体を動かすたび、車両がぐらつき、レールから落ちそうになる。

「大変だ！　みんな行くぞ！」

ドラえもんが言い、各々《おのおの》ポケットから『タケコプター』を取り出す。

「ルカは危ないからここで待ってて！」

言うが早いか、五人でモノレールの方に飛び出していく。

みんなの背中を見ながら、ひとり残されたルカは、彼らを追いかけようとした。しかし、すぐに立ち止まると、しばしの間の後で――表情をきゅっと引き締めた。みんなとは別の方向へ、踵《きびす》を返して走り出していく。

「ノビットを放せー！」

「モノレールから離れて！」

口々にウサギ怪獣に向けて呼びかけながら近づく一同の前で、ウサギ怪獣はモノレールにじゃれるようにぶら下がり続けていた。

「ムガビ？」

ドラえもんたちに気づくと、迷惑《めいわく》そうに振り向き、車両をよじ登る。そのまま勢いよく、ウサギ怪獣がジャンプする。その途端、先頭車両を支えていたレールのハンガーが、重みに耐えきれず、バキッと折れた。

「ムビビビー!」「ビビビー!」

ムービットたちの悲鳴とともに、モノレールの車両が落ちていく。

「まずい!『スーパー手ぶくろ』ぉぉぉぉ!」

車両を追いかけながら、ドラえもんがポケットから道具を取り出す。

「みんな、行くぞ!」

「おお!!」

手ぶくろを渡されたジャイアン、スネ夫、しずかちゃんがそれをはめながらかけ声とともに下降する。すさまじい砂煙《すなけむり》が舞い、周囲のムービットたちは皆《みな》、目を閉じた。

目を再び開けた時、砂煙が晴れて見えたのは、手ぶくろをはめたドラえもんたちがモノレールの車両それぞれを地面すれすれのところで受け止め、軽々と持ち上げた姿だった。

ムービットたちから歓声が上がる。

「ビー!」

「ムビー!」

「ふうー、ギリギリ間に合った」

車両をゆっくり地面に下ろし、扉から乗客のムービットたちが無事な姿で出てくるのを見つめながら、みんな、ほっと安堵《あんど》のため息をつく。

「よかったぁ」とムービットたちを眺めていたその時、しずかちゃんが「あっ」と呟いた。周囲を見回す。

「のび太さんがいないわ！」

「えっ？」

ドラえもんもまた、初めてそのことに気がついた。

ノビットをくわえたままのウサギ怪獣は、ウサギ王国の地下水路に逃げこんでいた。モノレールや、街のあちこちを破壊《はかい》しながら進んだ先で、ここならもう追いかけられることはないだろうと、前を見てひた走る。

と——、突如、水路の横穴から、奇妙な光が飛び出してきた。

「ムガ？」

ウサギ怪獣が思わずその動きを目で追う。それは光の玉だった。ウサギ怪獣を誘うようにピカピカ、ふわふわ、動き回っている。まるで意志を持っているかのようだ。

「ムーガー？」

ウサギ怪獣が首を傾げる。そうしている間に、光が別の場所に行ってしまう。ウサギ怪獣はノビットをくわえたまま、咄嗟に光を追いかけた。水路の狭《せま》い鉄格子《てつごうし》をこじ開け、水をばしゃばしゃ撥《は》ね上げながら駆ける。

そこに、ようやくのび太が追いついた。

「ノビット！」

他の四人がモノレールの乗客たちを助けている間も、のび太はウサギ怪獣を見失わないようにずっと追いかけ続けていた。自分にそっくりのノビットのことがどうしても放っておけなかったのだ。

水路に飛び込んだ弾みで、『タケコプター』が折れた鉄格子にぶつかる。落ちた『タケコプター』を探して頭の後ろに手をやるが、ない。仕方なく、ウサギ怪獣を徒歩で追いかける。

「待ってってば！　キミをポイ捨てしたことは悪かったよ。でも、暴れまわることないだろう？」

懸命に呼びかけるけれど、ウサギ怪獣は「ムガー！」とすごい速さで走り去っていく。のび太は「無視しないでよ～」と泣きそうな声で訴《うった》えた。

その間も、ウサギ怪獣は光の玉との鬼《おに》ごっこに夢中だ。追いかけるうち、ふいに広い場所に出た。光の玉が、あっちへこっちへ、とウサギ怪獣を翻弄《ほんろう》する。

光に夢中になるウサギ怪獣の背中近くまで、のび太が近づく。近くにあったもちレンガを手にし、叫びながら放り投げた。

「ノビットを、返せ！」

もちレンガが、ウサギ怪獣の後頭部を直撃する。弾みでやっと、ノビットが前歯から解放された。

「ノビーー！」

「やった……！」

のび太が喜んだのも束《つか》の間、ウサギ怪獣が怒《おこ》った目で振り返る。

「いやぁ……。アハハハ」

ごまかすように笑って後ずさり、のび太は逃げようとした。しかし、すぐにウサギ怪獣の鋭い爪がのび太の体をがしっとつかむ。

「ムーガー!!」

「わあー！」

そのまま高く振り上げられる。地面に叩きつけられることを覚悟した。

しかし、その時また眩い光の玉がやってきた。ウサギ怪獣のまわりをピカピカピカ、旋回《せんかい》する。

「なんだ⁉」

のび太を手にしたまま、ウサギ怪獣の目が光を追いかける。ぐるぐる回るその動きに、ついていくのが精一杯《せいいっぱい》だ。やがて目を回して、「ムガムー」とウサギ怪獣の手から力が抜けた。そのままひっくり返る。腕の中ののび太が投げ出された。

「えええーっ！　ちょっと！」

解放されたのを喜ぶ間もなく、のび太の体が水路の下、フェンスの外に落ちていく。落下する直前、咄嗟にフェンスの端に手をかけた。必死にしがみつくが、今にも落ちそうだ。

水路の下は、ウサギ王国の果てのようだった。深い深い縦穴が下に真っ暗く続いている。

「ノビビビー！」

ノビットが、のび太を助けようと駆け寄ろうとする。のび太はどうにか自力で這《は》い上がろうと、なんとか肘《ひじ》をフェンスにかけるが——。

ガコッと音を立てて、突然、竹でできたフェンスの一部が崩《くず》れた。そこに、胸元のバッジが引っ掛かった。

バッジが、胸から外れる。外れると同時に、のび太の体が落下する。下へ、下へ、落ちていく。

「あっ！」

短い叫びとともに、思い出す。

ドラえもんの言葉。

——今、月に空気があるのはこのバッジのおかげだからね。

——バッジがなくなると息ができなくなるから絶対に外さないこと。

——外したら宇宙空間に投げ出されたのと同じことだからね！

それだけは絶対に気をつけてね——。

「ドラえ……」

パニックになり、バッジに手を伸ばした瞬間、「ノビビー！」と悲痛に叫ぶ、ノビットの声を聞いた気がした。けれど、正確にはそれは、叫ぶノビットの顔を見ただけだった。何も聞こえない。視界が歪む。バッジの効果が切れていく。音が途切れ、光が消え、深い深い場所に、のび太の体と意識が飲まれていく。

◐

「これ、のび太のじゃない⁉」

地下水路の中から、スネ夫が『タケコプター』を拾いあげた。

ドラえもんの道具、『警察犬つけ鼻』で匂いを辿り、ドラえもんたちは地下水路に行き着いた。匂いが途切れたその場所は、水路のフェンスが折れ、不穏《ふおん》な気配が漂《ただよ》っていた。

「やっぱり、のび太さんはこの奥に……」

しずかちゃんが呟く。発見された『タケコプター』を見つめ、皆で奥に進もうとして——。

「ムガビー！」

雄たけびとともに通路の奥から現れたのは、さっき街を破壊していたウサギ怪獣だった。

「わあああああ！」

四人が『タケコプター』で逃げまどう。スネ夫が叫ぶ。

「どうしてのび太じゃなくてこいつがいるのっ⁉」

「ムガー！」

「こういう時は、『桃太郎印《ももたろうじるし》のきびだんご』！　……は品切れ中だった」

「えええー！」

威勢《いせい》よく道具名を叫んだのに、取り出した袋は空っぽのスカスカだ。ドラえもんが急いで「そうだ！」とポケットに手を入れる。

「『わすれろ草』～！」

ドラえもんが早口に説明する。

「この草の匂いを嗅ぐと何もかも忘れてしまうんだ。だから……」

自信たっぷりな口調だったはずなのに、途中で、ドラえもんの鼻先でポワワーン、と草から匂いが漂う。その途端、ドラえもんの顔がほわん、と溶《と》け出したようになる。

「ハレ？　ボクは何をしてたんらっけ？」

「何やってんだよ！」

「しっかりしろよ！」

ジャイアンとスネ夫が声を上げる間に、ウサギ怪獣がすぐ近く——目の前に迫《せま》っていた。獲物《えもの》を見つけて威嚇《いかく》するように、鋭いグルルル、という唸《うな》り声をあげて。

「ドラちゃん、貸して！」

まだほわんとした表情のドラえもんの横から、しずかちゃんが『わすれろ草』を奪《うば》う。襲いかかろうとするまさにその直前で、振り返り、ウサギ怪獣の鼻先に、『わすれろ草』をつきつける。

ポワワワーン、と匂いが薫《かお》った。その匂いに、ウサギ怪獣が「ムガッ⁉」と目を細め、動きを――やっと、止めた。

「フガ？」と柔らかい顔つきになったかと思うと、そのまま借りてきた猫《ねこ》のように丸くなり、しずかちゃんにすり寄る。

「フガビ～」

「もう、暴れたらダメでしょ？　これからはみんなと仲良くするのよ」

「なんだ、よく見りゃこいつもかわいいや」

ウサギ怪獣をジャイアンがひとなでする。

ようやく我に返ったドラえもんが「はっ！」と気づく。

「ボクは一体何を？」

その時、水路の奥から声がした。「ノビビー、ノビビー」と必死に訴えるあの声は、ノビットのものだ。

「ノビットちゃん！」

「お前も無事だったんだな⁉」

声の方へ、皆で駆け寄っていく。

◐

のび太は、どこか暗い場所で目を覚ました。

「ここは……？　アイタタ……」

体のあちこちが痛い。ゆっくりと起き上がりながら、胸元に手をやる。そして――。

「あっ！　バッジ！」

バッジがないことに気づき、はっとする。パニックになる。

「い、息……。息ができない。空気……っ！」

首元を押さえて這いつくばり、闇雲《やみくも》に手を伸ばす。すると――、その時だった。

『落ち着いて！』

どこからともなく、声が聞こえた。あたたかな光が照らす、仄かな熱と明るさを感じた。

『大丈夫だから。ゆっくり息を吸って』

その声に導かれるように、のび太はゆっくり、深呼吸する。自分が息をしていること、声が出ること、目が見えることを自覚する。バッジがないにもかかわらず。

「空気がある……」

顔を上げると、誰かが近づいてくる足音が聞こえた。あたたかな光は、ウサギ怪獣を追いかけていた時に見た光の玉と同じ色だ。その光に照らされて、声の主の顔がはっきり見える。その顔を見て、のび太は息をのんだ。

「キミは……っ！」


「ノビッ！　ノビッ！　ノビビ～」

同じ頃、ノビットが掲げるバッジを見つめ、ドラえもんたちもまた息をのんでいた。

「これは、のび太くんのバッジ!!」

その言葉に残りの三人が顔を見合わせる。

「そんな……。バッジが取れたら空気がなくなって息ができなくなっちゃうんでしょう？」

しずかちゃんが言うと、ドラえもんの手からバッジが転げ落ちた。そのまま、「うわーん！」と泣き声を上げて、ドラえもんが飛び上がる。

「のび太くーん！」

「嘘《うそ》だろ⁉」

「手遅れってこと？」

「そんなはずないわ！　のび太さんならきっと……」

しずかちゃんが涙を浮かべて言うと、床に崩れ落ちたドラえもんが「ボクがついていながらこんなことに……」と呟いた。そのまま、ポケットから特大ハンマーを取り出す。「壊れてお詫《わ》び申し上げます」と自分に向けて振り上げようとする。

「ちょっと！」

「やめろって」

「ドラちゃんが壊れたってどうにもならないでしょ⁉」

「ノビィー！」

全員で止めに入るが、ドラえもんは「放してぇ、壊れたいぃぃぃぃ」と泣きに泣いている。

と――。

おーい、という声が、聞こえた気がした。その声に、全員の動きがピタリと止まる。

あわてて、声の方向――水路の下のフェンスの方まで、皆で身を乗り出す。耳を澄《す》ます。すると……。

「おーい！」

今度は間違いなく、声がはっきり聞こえた。

「のび太くんの声だ！」

「よかった！　無事だったのね！」

「あんにゃろう！」

乱暴な口調で言いながら、ジャイアンも涙目だ。

「でも、バッジがないのにどうやって……」

スネ夫が言い、「とにかく下に降りてみよう」と一同、『タケコプター』で暗い穴の向こうに進んでいく。

通路に残されたノビットが、落ちていたのび太のバッジを拾う。興味深そうに、「ノービビー?」とその不思議なマークの輝きに、じっと見入った。

穴は深く深く、月の真ん中まで届いていそうなほど、ずっと奥深く、続いていた。

「ずいぶん降りてきたぞ」

「月にこんな深い穴があるなんて……」

穴の途中、洞窟《どうくつ》の入り口のようなものが張り出している場所があった。そこから光が差し、「おーい」と声が聞こえた。

「ここから聞こえる。足元がごつごつしてるから、気を付け……」

『タケコプター』で降り立ち、注意しているそばからドラえもんが足を滑《すべ》らせて洞窟の中に転げ落ちる。

「わああーー」

「ドラえもん！」

「ドラちゃん！」

一度ついた勢いはなかなか止まらない。転げ落ちる途中で、体が透明な膜のようなものを突き破った。残りの三人も転がり落ち、ドラえもん、ついで、スネ夫とジャイアン、最後のしずかちゃんだけはスカートを押さえながら優雅《ゆうが》にみんなの上に尻もちをつく。

「イテテ……」「重いよう」と声を上げながら体を起こそうとする。すると……。

「みんな大丈夫?」

のび太の声がして、全員、跳ね起きた。

「のび太くん!」

「のび太!!」

「のび太さん!」

「よく無事で!」

「心配させやがって、心の友!」

みんなが目を潤《うる》ませて駆け寄ろうとすると——その時、のび太のほかにもう一人、声がした。

「みんな、ようこそ」

えっ! と、全員、驚きとともに声の主《ぬし》の方を振り返る。

ルカが立っていた。

「ルカ! どうしてここに?」

「——説明するより、こうした方が早いかな？」

そう言って、ルカが帽子を脱《ぬ》ぐ。これまでずっと、学校でもかぶっていた帽子を。

その姿に全員が息をのむ。

長い、耳。

帽子の中に折りたたまれていた、長い、耳のようなものがルカの頭の上にぴょこんと現れる。さながらそれは——。

「ウッ、ウサギっ⁉」

「みんな、正体を隠しててごめんよ」

少し申し訳なさそうに言うルカの方から、「ふうむ」と声がしたのはその時だった。

ルカの服の袖《そで》を、何かがモゾモゾと移動してくる。

「ここにお客さんなんて初めてですね、ルカ」

ルカの服を通って、襟元《えりもと》からひょこっと顔を出したのは——。

「カメっ⁉」

大きな甲羅《こうら》を背負った、掌ほどの大きさのカメが、二本足でルカの肩に立っていた。

いつの間にか、その首元にはちゃっかり『異説クラブメンバーズバッジ』がある。ルカが最初にバッジを受け取った時、袖口から一緒に手を出して、ドラえもんからもらっておいたのだ。

カメが言う。

「初めまして。ワタクシ、ツキノワリクガメのモゾでございます。以後、お見知りおきを」

その姿を見ながら、一同は絶句していた。驚きがうまく言葉にならない。やっとのことで、皆で言う。

「月の世界に、ウサギどころか、カメもいた……!!」

interlude

　思い出すのは、別れの記憶《きおく》だ。

　生まれ育った星――カグヤ星を、追われる時の記憶。

「行きなさい。あなたたちは、これ以上ここにいてはいけない」

　父と――母。

　少なくとも、この時まで、ルカは二人のことをそう思っていた。生まれてからずっと自分のそばにいて、これからも一緒にいられるのだと、そう信じて疑っていなかった。

「嫌だ！　ボクも残る！」

　嫌な予感がしていた。自分たちがここから離れたその後、父と母がどうなるのか。幼いながらに、胸がざわざわと騒いだ。

　何よりルカが、行きたくなかった。この星を出たくない。お父さんとお母さんと、離れたくない。

　両親が顔を見合わせる。困ったように、父が自分の方に歩み出る。

「ルカ、わかってくれ。仕方ないんだ」

「嫌だ、嫌だ、嫌だ……！」

ここで引いたらダメだ。泣きながら首を振るルカを、父が抱きしめた。その手が、肩が、声が、震えていた。

「すまない」

「嫌だよ、お父さん、嫌だよっ！」

震える父の肩ごしに、もうひとつ、自分たちを包み込む手があった。母の手だ。

「ごめんなさい」と、母が謝る。

「――普通《ふつう》の子のように、生きられるようにしてあげたかった」

「お母さん……」

ルカが顔を上げたその時だった。母が毅然《きぜん》と顔を上げる。唇を噛《か》み締めたように見えた。そして――おもむろに、ルカの頬を張った。

バシン、という音が、まわりにも、ルカの胸の奥にも響いた。母が歯を食いしばっている。そして言った。

「早く船に乗りなさい！」

頬がじんじん痛んだ。叩かれるのなんて初めてだった。

体の奥がわなわな震える。頬が熱を持っている。泣きながら、他の仲間の待つ船の中に駆け込む。

「ルナ……」

背後では、母が、姉に何か呼びかける声が聞こえた。姉がそれに頷く気配がしている。

追手の兵士が、なだれ込んでくる。いたぞ、つかまえろ、エスパルを逃《に》がす気か！　ちくしょう、エーテルを……。

エーテルをよこせ！

耳をふさぎたくなるような声に、父が言い放つ。「早く行け！」と。

父が続けて何か言う。聞き間違いでなければ、こう聞こえた。

「まだ研究は途中だったのに」と。

「エスパ……たち、から……ルを……ように、して……」

父が何かまだ、言っている。だけど、それが聞こえない。ルカは戻ろうとする。船から降りて、やっぱり、父と母のところに行こうとして駆け出す。

だけど――。

「モゾ！　船を出せ！　私たちにかまうな！」

父が言う。モゾが必死な声で「おまかせください！」と叫ぶ。

ダメ、まだ――、父さん、母さん……！

ボクたちは、あなたたちに、さよならすらまともに言っていないのに――。

第三章　月世界の子どもたち

月の地下――。

コロニー、と名付けた場所で、ルナは今日も料理をしていた。

今の時間、他の仲間たちは皆、牧場でカグヤクやカグヤギの世話をしたり、あるいは、カグヤリスの尻尾の毛で織物をしたりしているはずだ。

仲間全員分のシチューを作り、味見をしていた時だった。

「ルナ姉ちゃん！」と、外から、血相を変えた仲間のひとり、ペッコルが飛び込んできた。

「ルカ兄ちゃんが帰ってきたよ！」

その声を聞いて、ルナが「ええっ⁉」と部屋を飛び出す。コロニーの入り口に急ぐ。

数日前から、誰にも何も言わずに姿を消してしまった弟――ルカ。

仲間たちはみんな、「ルカ兄ちゃんなら、きっと大丈夫だよ」とか「すぐ帰ってくるでしょ」と言って楽観的だったが、危険なことをしているのではないか、と、ルナがどれだけ心配していたか――。

弟のルカはずっと地球に行きたがっていた。行先は、ひとつしか考えられなかった。

「ルカっ！」

入り口で、ルカはすでに仲間たちに囲まれていた。「変なの着てるー！」「どこに行ってたの？」と無邪気《むじゃき》に尋ねる声を受け、平然と「ただいま」と挨拶している。

その姿を見て、ああ、と思う。

見たことのない洋服と帽子。この子はやっぱり、地球に行ったのだ。

「どういうつもり⁉　勝手にいなくなって心配かけて！」

「ちょっと待って、ちょっと待って。大げさだなぁ……」

ルナに詰め寄られたルカが、気まずそうにその帽子で顔を隠す。しかし、すぐに表情を切りかえると、嬉しそうにこう言った。

「それより、地球の皆さんだよ」

「えっ……！　まあ！」

ルカの背後に、見たことのない人たちの姿がある。ずいぶん会っていないけれど、それは、ルナの知る地球人たちの姿に確かに似ていた。勝手につれてきてしまうなんて――！　と驚き、警戒しかけると、ドラえもんたちがルナに挨拶した。

「どうも……」

「よろしく……」

自分たちと同じくらいの背丈《せたけ》――ということは地球の子どもたちだろう。どうやら悪い人たちではなさそうだ。この場所に戸惑いつつも、ルカやルナ、他のエスパルに対する目線が優しく親しげで、第一、普段は自分以上に警戒心の強いはずのルカが彼らには心を開いている様子だ。

ここに地球人を招くのなんて初めてだ。ルナがあわてて、みんなの前に歩み出る。

「まあまあ――。遠いところからようこそおいでくださいました。ルカの姉のルナと申します。弟が無理にお連れしたんじゃないですか？」

「いいえ、そんなことないです！」

のび太が答える。みんなが続けて、「ボク、ドラえもん」「しずかです」「オレ、剛田武！」と口々に自己紹介する。そんな中、スネ夫だけがひとりもじもじしているのに、ジャイアンが気づいた。

「どうしたんだよ、スネ夫」

「あの子、すごくかわいいよ。ボク、困っちゃうなぁ」

　鏡を取り出し、サッサッ、とスネ夫がキザな仕草で髪をひと撫でする。

「ここは月のマグマの通り道。溶岩チューブを改造して、住めるようにした場所なんだ。ボクたちはコロニーって呼んでる」

　月の地下、ルカたちが暮らす村は、とてものどかそうな場所だった。

　ムービットたちのウサギ王国よりずっと小さい。中央に青白い木の実が光る大きな樹《き》があり、その枝がまるで空間全体を守るように広がっていた。

　泉や果樹園、畑。驚いたことに、牧場まであって、そこでは初めて見る生き物たちがのんびりと草を食《は》んでいた。地球のヤクやヤギに似た生き物もいる。ルカと同じように頭に長い耳を持つ子どもたちが乳しぼりをしたり、ブラッシングをしたりと、世話をしていた。鶏《にわとり》に似た不思議な鳥や、尻尾の大きなリスのような小動物の姿もある。

　滑車《かっしゃ》を引いて水汲《みずく》みをしている子がいたり、ヤクの毛を編んで服のようなものを作っている子がいたり。まるで子どもたちの秘密基地だ。地球のように便利な電化製品があるわけではないし、手作業は大変そうだけど——、見ていると、わくわくしてくる。

　まさか月にこんな場所があるなんて。

「キミたちは月面人なの？」

　気になっていたことをのび太が尋ねる。すると、意外なことにルカが首を振った。

「うーん。正確には違うかな。ボクたちは、太陽系から遠く離れたカグヤ星っていう星で生まれた種族なんだ」

「種族？　……じゃ、カグヤ星人なの？」

　カグヤ、という言葉に聞き覚えがある。言わずもがなの昔話、かぐや姫のカグヤ。それって何か関係があるのかな？　と思いつつ尋ねると、今度もルカは首を振った。

「それがそうじゃなくて……」

「わたしたちはお父さんとお母さんに作られたの」

　ルカにかわって、ルナが答える。

「お父さんとお母さん？」

　のび太が聞き返すと、ルカの肩の上でモゾが立ちあがった。

「えっへん！　それはワタクシが説明しましょう」

　モゾが恭《うやうや》しく礼をする。

「カグヤ星史上、最も優《すぐ》れた天才生物学者、ゴダール博士ご夫妻のことです。ルカたちは『エスパル』という宇宙に十一人だけの種族なんです！」

「エスパル？」

初めて聞く響きだった。

ルカが「ルナ」と姉に呼びかけた。名前を呼ばれたルナが、心得た様子で頷き、近くの花畑の方に歩いていく。

ルナが目を閉じ、ゆっくりと右手を広げる。月の花々に手をかざすと、花たちが一斉にゆらめき、輝きを増し始めた。つぼみが芽吹き、枯《か》れかけ俯《うつむ》いていた花まで、茎をのばして、光の花粉が広がっていく。光を浴びた花は、どれもとても嬉しそうだ。

「なんだ、なんだ？」

「花が踊ってる！」

ルナが花畑を照らす横で、今度はルカが手を広げると、全身が青白い光に包まれた。

『タケコプター』もないのに、ルカがその身ひとつで宙に舞い上がる。

「『エーテル』っていうんだ」

ルカが言った。光をまとったまま、空を華麗《かれい》に宙返りする。

「『エーテル』は、ボクたちの体が作りだすエネルギー。植物を元気にしたり、物体を動かすことができる。全身を包めば宇宙服の役割を果たすことだってできるよ」

「すっげえ！　超能力じゃんか！」

「枯れてたコスモスがあの時、元気になったのは、じゃあ……」

しずかちゃんの問いかけに、ルカが微笑む。

「フフッ。驚かせてごめんよ」

「ねえねえ、もしかして走るのが速かったのも」

スネ夫に聞かれ、ルカがいたずらっ子のような顔つきでぺろっと舌を出した。

「ズルしてごめんよ。エーテルの力を使ってのび太に勝ったんだ」

ルカが言うと、横のルナが「まあ！」と短い声を上げた。

「ルカったらそんなことを？　本当に弟がすみません」

「気にすることないって。エーテルの力なしでも、のび太相手じゃきっと勝てたに決まってるから」

スネ夫が意地悪く言う声に、のび太が「もう！」とむくれる。ドラえもんがルカたちに尋ねる。

「でも、キミたちはどうして地球の言葉が話せるの？」

「テレパシーで読み取って翻訳《ほんやく》してるんです」

ルナが自分の頭の部分を指で示し、教えてくれる。その姿を見ながら、のび太が言葉を噛み締めるように口にする。

「エスパル……。十一人だけの、種族」

ルカの仲間の、エーテルの力を持つ仲間たちが、さっきから重そうな水を運んだり、草地に落ちた果物《くだもの》をかごの中に拾って集めたり、働いている。少し離れた場所には鍛《か》冶場《じば》もあって、熱した金属の塊《かたまり》を叩いて道具を作っている様子のエスパルもいた。

「あそこでヤクの世話をしてるのがモール、向こうの建物で機織《はたお》りしてるのがルネとヌルで――」

モールにルネ、ヌル、ホルルにツックル、ペッコル、ルコ、エル。ルカが他の仲間たちの名前を教えてくれる。

その姿を見ながら、気づく。

みんな子どもだ。赤ちゃんくらいの子もいるし、まだほんの二、三歳《さい》くらいの子もいる。ルカやルナは小学生くらいの背丈だけれど、彼らが一番年上に見えた。

「みんな、子どもなの？」

「エスパルは若いうちに肉体の成長が止まるんだ。どの段階で成長が止まるかはそれぞれ違うんだけど、大人はいない」

「ちょっと待って。じゃあ、ルカたちは何歳なの？」

のび太が思わず尋ねると、ルカが少し考える仕草になる。

「カグヤ星に十年くらいいたから、――ざっと１０１０歳かな」

「えええええーーーっ！　１０１０歳!!」

全員の声がそろった。ジャイアンが呆気《あっけ》に取られた様子で「スーパーじいさんじゃねえか！」と叫ぶ。

「ずっと生きられるなんてうらやましい」

スネ夫が言うと、ルカが「そうかな……」と呟いた。その顔が、なぜか少し寂《さび》しそうに見えた。その肩でモゾが得意げに胸を張る。

「ちなみにワタクシは２０００歳。カメは万年ですからね」

「父さんたちが実験を繰り返すうちに、偶然《ぐうぜん》生まれたのがボクたちなんだ。だから、十一人だけ」

ルカが言う。コロニーの天井を眺め、その向こうの宇宙に思いを馳《は》せるように。

「最初は地球に住もうかなって様子を見に行ったこともあったんだけど、地球にはもう文明が築かれていたから月を選んだんだ」

「千年前と言えば、日本は平安《へいあん》時代だ」

ルカの説明を受け、ドラえもんが言う。スネ夫が身を乗り出した。

「じゃあさ、ひょっとしてかぐや姫の伝説って……」

「あ、それわたしでーす」

ルカの横で、ルナがこともなげに手を挙げる。その口調があまりに軽《かろ》やかなので、地球人みんなが「えええーっ！」とズッコケる。ルナが微笑んだ。

「姫だなんて光栄です。――カグヤ星から太陽系に最初に来た時、地球の方々ともお会いしたんです」

「地球に『かぐや姫』伝説っていうのがあるのを知った時には驚いたよ。ボクたちのこと、記憶に残っていたんだね」

ルカが言って、のび太としずかちゃんが感心したふうに顔を見合わせる。

「その後でいろいろ、物語がくっついたり変わったりしながら広がったのかな……」

「カグヤっていう名前が、その時に残ったんだろうね」

そんな二人を見つめながら、ルナがくすりと笑う。

「実際に地球の男性たちからは親切な贈《おく》り物をたくさんもらいました。結局、暮らすのには月を選んだので、お別れしてきましたが」

カグヤ姫は千年前の物語。その頃から、地球と月は近くて遠い存在だったのだ。

ルカたちの話す時間の流れが、改めてとても興味深く、胸に響いてくる。

◐

コロニーの内部には、驚くことに川が流れている場所さえあった。その川の水を利用して作られた水車の奥に、さらに道が続いている。

「月の地下にこんな空間があるなんて……」

ドラえもんが呟く。流れる川の中には、魚が泳ぎ、水草が見える。時々川面《かわも》がきらっと光った。

「土や水はどうしてるの？」

「土は地球から運んできた。植物や動物たちの中にも、地球から運んだり、連れてきたものもあるよ。千年の間に、月の環境に合わせてだいぶ姿が変わってしまったかもしれないけど」

地球の鶏やリスに似た生き物がいたのはそういうわけか。ルカが続けた。

「空気は月の氷から作ってる。コロニーの入り口にはエーテルの膜が張ってあって、空気がコロニーの外に出ていかないように、中にためてるんだ」

「氷って？」

しずかちゃんが尋ねると、「今から案内するよ」とルカが奥へと歩いていく。

エスパルたちが作った水車の設備を眺めながら、ドラえもんが「ふーむ」と考え込む。

「どうしたの？」

のび太が尋ねると、ドラえもんが考え込む仕草で言った。

「エーテルの力があれば、エスパルたちはもっと便利な生活ができるはずなんだ。ルカたちが月に来たのには、何か理由があるのかも……」

ルカたちが次にのび太たちを案内したのは、地下のさらに奥深く、巨大な氷壁《ひょうへき》に覆われた谷底だった。そこに、だいぶ昔のもののような古いロケットがある。ロケットにはエーテルの光と同じ色のチューブが差し込まれていた。先の部分が熱を持ったように光っている。

巨大な氷の壁を前に、のび太たちの息が白くなる。ロケットの表面にも霜《しも》が降りていた。

「これ、カグヤ星の宇宙船？」

「うん。ボクたちが乗ってきた船だよ。これに積んできた液体窒素《ちっそ》と月の永久影《えいきゅうかげ》にある氷を使って空気を作るんだ」

「だから、のび太くんのバッジが外れても平気だったのか」

ドラえもんが感心したように頷いた。

その時だった。

ポエー、という、すごい音が空間を震わせた。コロニー内が激しく揺れる。

「何だ⁉」

「地震《じしん》⁉」

びっくりして辺りを見回すと、氷壁の上の崖《がけ》の一角に、何かの影がぴょん、と跳ねてよぎった。その姿を見て、ルカが「アルっ！」と短く叫んだ。

実年齢がいくつかわからないが、まだ四歳か五歳くらいの、小さな男の子だ。ウサギ耳が、他のエスパルと違って下に垂れている。ロップイヤーというたれ耳のウサギがいるけれど、ちょうどあんな感じだ。

アルと呼ばれた男の子が、人懐《ひとなつ》こい様子でルカのところまで降りてくる。

「おかえり！　ルカ兄たん」

「ダメじゃないか！　こんなところまで勝手に」

「だって家で歌ったらルナ姉たんに怒られるんだもーん」

頬を膨らませてむくれて見せたその後で、アルがのび太たちの存在に気づいた。

はっとした顔で素早くルカの背中に隠れる。怯《おび》えた様子で尋ねる。

「ルカ兄たん、誰っ⁉　あの人たち……」

「大丈夫。地球の人たちだよ。お客さんだ」

ルカが説明する前で、ジャイアンが身を屈め、両手をワナワナ握り締めている。

「なあなあ！」といきなり、ルカとアルの元に走り寄り、ジャイアンがアルの顔を覗き込んだ。

「今声出してたの、お前か？　もう一回やってみせてくれよ」

「えっ⁉」

思いがけないリクエストだった。アルが不安そうに、「いいの？」とルカを見つめる。ルカも驚いた様子だったが、ややあって頷いた。

「少しくらいなら構わないよ」

「じゃあ……」

アルが嬉しそうに、大きく息を吸い込む。そのまま一気に、その息を吐きだす。

ポエエーー、というものすごい音が、また周囲に響き渡った。一同がいっせいに耳を押さえる。

小さな体の、一体どこから出ている声なのかわからない。歌声が、ポエポエポエ〜、と谷底に弾むようにこだまするたび、パラパラと氷壁の欠片《かけら》が砕《くだ》けて落ちてくる。

声がやむと、耳をふさいでいたルカが苦笑いしながら言う。

「アルの能力はちょっと特殊《とくしゅ》なんだ……」

その声を受けて、スネ夫が呆れたように言う。

「この能力なら地球にも使えるやつがいるよ」

すると、ジャイアンがまたも体を屈めた。プルプル、その背中が震えている。イヤミっぽい物言いをしたスネ夫に怒ったのか——、気づいたスネ夫が「いや、その……」と身をかわそうとしたその時。

「すっげええーー！」というジャイアンの興奮した声が、谷底に響き渡った。

アルの手を取り、小さな体をあっという間に持ち上げる。

「お前、天才だ！　オレと一緒に歌手デビューしないか⁉」

「えええーーーっ！」

一同驚愕の展開だが、ジャイアンはとても嬉しそうだ。持ち上げられたアルも、能力を褒《ほ》められたことがこれまであまりなかったのかもしれない。

「えへへ。そうかな?」

打ち解けた様子で、嬉しそうに、ジャイアンを見つめ返した。

◐

コロニー内のルカたちの家に招かれ、お茶をごちそうになる。

「わあー、いい香り」

「月の花のお茶なの」

ティーカップに注《そそ》がれたお茶を覗き込んで、しずかちゃんとルナが微笑み合う。

テーブルの上にはチーズクッキーやフルーツのタルトなど、おいしそうなお菓子《かし》も用意されていた。

お茶を飲みながら、のび太はふと、壁のくぼみに飾《かざ》られているスノードームのようなものに気づいた。手に取って何気《なにげ》なく傾《かたむ》けると、中に入っていた雪のようなパウダーがキラキラ舞い落ち、ドームの中に人の姿が浮かび上がる。

子どもではない——大人の、男の人と女の人。顔にシンメトリーの特徴的な模様があり、耳が尖っている。額の上の方には、触角《しょっかく》のような四本の小さな角《つの》があるようだ。

見て、ピンときた。このドームはカグヤ星の写真のようなものなのかもしれない。

「この人たちがキミたちのお父さんとお母さん？　ウサギの耳がないんだね」

ルカに尋ねると、ルカが頭の上の長いウサギ耳を指さした。

「これは耳じゃないよ。エーテルを使うためのセンサーみたいなものかな」

「へえ……。博士たちはカグヤ星人なんだよね？　確かにルカたちとはあまり似てないね」

「うん。本当の親じゃないし」

そう聞いて、はっとする。目を伏《ふ》せてそう口にしたルカがなんだか寂しそうに見えたからだ。それ以上は触《ふ》れずに、ただ「そっか」と言って、ドームを元の場所に戻した。

するとその時、思い出したようにスネ夫が立ち上がった。

「ねえねえ。ひょっとして、この間ニュースで見た、月面探査機の白い影って……」

「すみません！　あれはアルが月の表側に行ってしまって、探査機に見つかってしまったので仕方なく……。後で必ず直します」

ルナが立ち上がり、スネ夫に向けて申し訳なさそうに頭を下げる。ジャイアンの膝《ひざ》に入り、座っていたアルが、「だって！」と不満げな声をもらした。

「あの日は、あそこで歌の練習をすれば、いいことがあるって予言に出たから。家で歌うと怒られるし……」

「予言？」

「アルはあの歌の他にもうひとつ、未来を予言する力があるんだ」

ルカが説明する。ジャイアンが「本当かっ⁉」と思わず声を上げた。

「だったらオレ様の未来を予言してくれよ！」

「やーだよー！」

アルがジャイアンの声を笑ってかわし、膝から飛び出した。行儀《ぎょうぎ》悪く机の上でジャンプする。ルナが呆れたように「アル！」と窘《たしな》め、補足する。

「この子、自分の意志で予言することはできないんです」

「ある日突然、ピーンとくるんだよ！」

アルが無邪気な声で説明する。

「へえ〜。……ところで、どうしてルカはのび太くんの学校に転校してきたの？」

「そういえば……」

ドラえもんが尋ね、のび太も改めて疑問に思ってルカを見る。ルカがちょっと真面目な顔つきになった。

「地球の科学が発達して、月の裏側も観測されるようになってきてしまったし、そろそろ信頼《しんらい》できる地球人を探して存在を明かすべき時が来たと思ったんだ。だけど、月に誰かが住んでるなんて大人は信じてくれないだろう？　子どもなら、ボクたちと見た目が似ているし、信じてくれるかもしれないって、のび太と出会って思いついたんだ」

それを聞いて、スネ夫がにやにやする。

「のび太は本気で月にウサギがいるって信じてたからね」

「いたじゃないか！」

「ドラえもんの道具の力だろ！」

のび太がからかわれる横で、けれどしずかちゃんが優しく微笑む。

「わたしは素敵だと思うわ。のび太さんの想像力がこの出会いにつながったんだもの」

「しずかちゃん……」

感動するのび太に、ドラえもんも微笑みかける。

「しずかちゃんの言う通り。ガリレオが地動説を唱えた時も、最初は異説として誰も信じなかった。だけど、今ではそれが定説になってる。人間の歴史はそれぞれの時代の異説が切り開いてきたようなものだよ」

「しかし、地球の異説はひどい！」

声を張り上げたのはモゾだ。

「カメがウサギより足が遅《おそ》いなんて、このワタクシの足の速さをご存じない！」

「存じねえよ！」

ジャイアンがつっこむ。苦笑いしながら、ルカが続けた。

「学校や先生には申し訳なかったけど、転校に必要な書類はモゾが用意してくれたんだ。あとは、エーテルの力を借りたりもちょっと」

「地球の言語は単純ですからね。ワタクシはこう見えてなかなか優秀《ゆうしゅう》なスーパーカメなんです」

「自分で言うなよ！」

またジャイアンがつっこむと、一同が笑いに包まれた。

◐

コロニーの外に出ると、そこにはウサギ王国ではない、本物の、だだっ広い月面世界が広がっていた。

レゴリスに覆われた広大な荒野《こうや》の向こうに、地球の姿が微かに見える。高台に立つと、のび太たちが作り上げたウサギ王国のドームも見えた。

「『スペースカート』！」

ドラえもんが高らかに声を上げ、カプセルのようなものを放り投げると、空中に部品が広がり、まるで見えない手が折り紙を折るように、車が組み立てられた。タイヤのない車は、宙を飛ぶ、少人数乗りのカートだ。

ドラえもんが提案する。

「せっかくの月面世界なんだ。三組に分かれて月面レースをしよう！」

「よっしゃあ！」「いいね！」「素敵！」「わあーい！」

みんなが口々に喜びながら、カートに分かれる。のび太とルカ、ジャイアンとスネ夫とアル。しずかちゃんとドラえもんとルナが、それぞれ三台のカートに分かれて乗り込む。

「月面はだだっ広くて距離感がつかみにくくなるから、くれぐれも気をつけてね」

「わかったよ」

「早く行かせろ！」

ドラえもんが注意するが、ジャイアンとスネ夫は待ちきれない様子だ。

スタート地点に、モゾが立った。

「位置について……。よーい、ドン！」

スタートのフラッグが振られると、皆で一斉にレースに飛び出していく。


レゴリスを舞い上げながら出発していった『スペースカート』を見送った後で、モゾが「ふう」と呟いた。

「あのマシンならワタクシの足といい勝負かもしれませんね」

その時――。チンチンチン、という小さな音が近づいてきた。

他に誰もいないはずなのに――と、音の方にモゾが顔を向けた瞬間、車が突っ込んできた。ドラえもんの『スペースカート』に似せたような車――運転席にいるのは、あののび太そっくりのノビットだ。バックの姿勢で、後ろ向きに突っ込んでくる。

反応が一瞬遅れ、モゾがそのまま、車に撥《は》ね飛ばされる。

「ひゃっ！」

咄嗟に甲羅に隠れ、丸くなる。まるでピンボールのように月の岩にぶつかって跳ね回ったあと、柔らかなレゴリスの地面にずぼっと埋《う》もれた。

ノビットが、後ろに衝撃を感じて、「ビ？」とあたりを見回す。

「ノビ～？」

すると、すごい速さで甲羅から出たモゾが戻ってきた。レゴリスの柱を巻き上げ、

「ノビ～、じゃないですよぉぉ！」と抗議《こうぎ》する。

「ワタクシの甲羅が宇宙一硬くなければ、大怪我《おおけが》をするところですよ！」

ボンネットに乗り、甲羅を見せながらぷりぷり怒るモゾに、ノビットが「ノビビー」と手を合わせて謝る。

素直に謝られると、モゾの怒りもいくらか収まったようだ。少し冷静になって、

「ふーむ」とノビットの車を観察する。

「これはあなたのマシンですか？」

「ノビビ」

「少し古臭《ふるくさ》いですが、なかなかよくできていますね。よろしい、ワタクシが運転してあげましょう！　これでも宇宙船の免許《めんきょ》だって持っていますからね」

そう言って、ノビットを助手席に移動させ、運転席に座る。

モゾが「出発進行！」と威勢よくレバーを下ろした瞬間、ポッポー！　と汽笛が鳴った。

その途端、なぜか車の後部が持ち上がった。猛《もう》スピードで運転席とは逆方向の、後ろへ向けて車が発進する。

チンチンチンチン、とベルの音をたてながら走る車の中で、モゾはパニックだ。

「どうして後ろに進むんですか⁉　これじゃ、あべこべ車ですよ‼」

岩にぶつかり、またぶつかり、またまたぶつかり――。

「ヒエエエーッ、カメェーーッ！」

悲鳴を上げながら、モゾとノビットを乗せたあべこべ車が後ろ向きに蛇行《だこう》する。

◐

月面世界を、ルカとのび太が乗るカートが走っていく。

残りの二台はもうとっくに先へ行ってしまい、のび太たちのカートが一番最後だ。

「もお～、どうしてボクらのカートだけ遅いんだろう！」

調子が悪いカートを選んでしまったのかもしれない。ついてない、と思うけど、のび太は普段からこういうことが多い。

ふいに、助手席のルカが呟いた。

た。
「あ～、なんか楽しいな！」
「えっ？」
遅れているのに？　見ると、ルカは笑顔で、窓の外に流れゆく月面の景色を見てい
た。
「本当は、ずっと地球に行きたかったんだ。みんなは危ないって反対したけど、ずっ
とここで地球を見てきたから」
その横顔を見ながら、のび太は、あっと思った。ルカがしっかり者の姉のルナにも
黙って、地球に無断で来た様子だったこと。言えば反対されるだろうけど、それでも
行きたいと思って、ルカは地球にやってきたのだ。それはかなり思い切ったことだっ
たに違いない。
そう思ったら、のび太の口からも自然と呟きがもれた。
「ルカはきっと、友達がほしかったんだね」
そう言った途端、ルカが「え？」と顔を上げる。きょとんとした顔でのび太を見た。
「友達？　友達って何？」
驚いたのはのび太の方だ。
「えー!?　友達を知らないの？　エスパルのみんながいるのに？」

「うん」

十一人きりの、ずっと一緒にいたエスパルたちのことは、確かにあまりに身近に一緒にいすぎて、互いの存在について深く考えたことがないのかもしれない。のび太が説明する。

「友達は仲間だよ。友情でつながっている仲間」

自分にとっての「友達」のことを考えながら、のび太が続ける。頭上には、美しい星空が広がっていた。

「友達が悲しい時には自分も悲しいし、嬉しい時は一緒に喜ぶ。ただ友達っていうそれだけで、助けていい理由にだってなるんだ」

「友達……」

のび太の言葉を受けて、ルカはしばらく考えこんでいた。

少しして、急に、キンコンキンコン、とアラーム音がした。

運転席のパネルにバッテリー交換《こうかん》の表示が出る。カートが減速し、急速にバランスを崩す。飛ぶ力を失い、地上に落ちて、止まった。

「バッテリーヲ　コウカンシテ　クダサイ」

無機質な声に指示され、のび太は「ああ、もう！」と呟いた。どうやら自分たちのカートだけが遅いと思ったのは気のせいではなかったようだ。

「まったく、ドラえもんの道具はいっつもこうなんだから」

カートから降り、後ろ部分のトランクを開く。中に道具箱が見えた。のび太がぶつくさ文句を言いながらそれを取り出し、必要な道具を探し始めた。

「直せるの?」

「バッテリー交換くらいならボクにもできるよ」

もっと複雑な修理になると無理だけど、幸い、交換用バッテリーはすぐに見つかった。スパナを片手にカートの下へと潜り込む。

「あれ……。ここかな? まいっか、開けちゃえ」

その声を聞いて、ルカがひらめく。エーテルで電気の代用くらいならお安い御用だ。

「それならボクが……」

ルカが指先に光を宿したその時、ふいに、下から声がした。

「ルカは……」

「え?」

「お父さんとお母さんのこと、覚えてる?」

のび太がスパナでボルトを緩《ゆる》める金属音がしていた。その音と、のび太の声を聞いて、ルカはゆっくり手を下ろした。エーテルの光を指先から消す。

カートにもたれかかり、「うーん、どうだろ」と曖昧《あいまい》に返事をした。

「ボクらがカグヤ星を出て千年も経《た》ってるし……。向こうもすぐに忘れたんじゃないかな」

ルカが言ったその時だった。間髪《かんはつ》を容《い》れず、のび太の声がした。

「そんなことないよ！」

「えっ！」

思いがけない、強い調子の声だった。のび太が続ける。

「本当の親じゃなくても、お父さんとお母さんなんでしょ？　きっとルカたちのことをずっと考えてたよ。忘れたりしなかったはずだ」

のび太が作業する手にも口調にも、力が入っていた。

それは――ルカの家でスノードームを見た時から、本当はのび太がずっと話したかったことだった。あの時のルカが、すごく寂しそうに見えたからだ。

それから――。のび太はため息をつく。

「うちだってママがさ、部屋にいるだけで何してるんだとか、宿題はやったのかとか、いっつも気にされてばっかでさ。息が詰《つ》まりそうだもん。親ってずっと子どものこと考えてるよ」

「のび太のママ……」

のび太の声を受け、ルカはそう呟いたきり、しばらく黙っていた。

のび太の部屋に最初に忍び込んだ時、のび太のママに鉢合《はちあ》わせしそうになった時のことを思い出す。おやつを用意して、のび太のことを待っていたママ。「ただいまも言わないで」と言って、下に降りて行った。

ルカの胸にあたたかな気持ちが広がっていく。

「あれ～、おかしいな……」

のび太がバッテリーをうまくはめられずに、カートの下で悪戦苦闘《くとう》している。

「ボクにやらせて」

ルカが身を屈め、カートの下に入る。のび太の横から手を伸ばし、手伝って一緒にカチン、とはめる。

その途端、運転席のバッテリーマークが満タンになった。ピコピコ、と表示が点滅《てんめつ》し、カートが再び、ふわっと浮き上がった。

「わーい！」

「やったー！」

二人して喜びながら、ふと顔を見合わせると、作業している時には気づかなかったけれど、互いの顔が油や泥《どろ》でだいぶ汚《よご》れていた。

「その顔……」

「汚れが……」

声をそろえて指摘し──、次の瞬間、おかしくなって、二人で笑い出した。

とても──、とても楽しかった。おなかの底から、いつまでも笑い声が気持ちよく出てくる。

ルカにとって、こんなに笑うのも楽しいのも、本当にひさしぶりのことだった。

「のび太、その顔！」

「ルカだって！」

楽しそうな二人の笑い声が、月面に響き渡る。

◐

レースの先頭は、ジャイアンとスネ夫、アルの三人を乗せた『スペースカート』だった。

折り返し地点として設定された目印の岩に、カートがスピードを出して回り込む。あたりに乱立する岩の柱の間を縫《ぬ》うように、アクロバティックに疾走する。

「ゲームみたいで楽しい〜〜！」

運転席で操縦かんを握るのはスネ夫だ。普段のラジコンテクニックを生かして、さっきから順調な運転を続けていた。それを見て、後部座席のジャイアンが立ち上がった。

「おい、スネ夫。運転替われよ」

「ジャイアンには無理だよ」

「何だと！　つべこべ言わず替われ！」

運転中に胸ぐらをつかまれ、スネ夫が「ぎゃっ！」と声を上げる。カートはこの一帯でも最も通路が狭い、危険な場所を進んでいた。運転手を失ったカートが大きくバランスを崩し、岩の柱のギリギリの脇《わき》を通り過ぎた。

「ちょっと危ないよ！」

ぐらぐら揺れるカートの端に、アルが怖がって懸命にしがみつく。次の瞬間、アルが何かに気づいた。

「前！　前！」と鋭い声で叫ぶ。

「えっ？」

ジャイアンとスネ夫が気づき、前方を見つめ――そして。

「ギャアアアア！」

大きな岩の柱がすぐ目の前に迫っていた。二人が抱き合って飛び上がり、アルは怖くて目を閉じた。

目を閉じ、そして――その目を、思い切って開ける。かっと見開いた目に力が宿り、体中が光を纏《まと》う。それは一瞬のことだった。アルが大きく口を開け、声を限りに叫んだ。

「**ポアアアアアアーーーーー!!**」

岩山の一角が揺れる。

アルの声に震えながら、巨大な岩の柱が内部から大きな音を立てて崩壊《ほうかい》していく。

「何だ⁉」

ドラえもんとしずかちゃん、ルナの乗ったカートが急停止する。

ジャイアンたちがぶつかりそうになった、その柱が崩れた衝撃と音は、離れた場所のドラえもんたちのところまで届いた。

今のものすごい衝撃と爆発音は一体——。

その瞬間、ルナのウサギ耳のセンサーが、ピクン！　と大きく反応した。

「アルっ！」

ルナが青ざめた顔で口にして、立ち上がる。運転席の屋根を開け、皆で前方を見つめる。

のび太たちのカートにも、爆発の音は響いた。その音とともに、ルカの長いウサギ耳のセンサーもまた、ルナと同様、ピクン！　と反応する。

ルカが素早く身を起こす。その顔が真っ青になっていた。仲間の名を呼ぶ。

「アルっ！」

◐

太陽系と遠く離れた場所——。
広い宇宙の海を飛行する宇宙船のコックピットに、けたたましいサイレンが鳴り響いた。

ビービービービー！

これまで聞いたことのない警報音に、船の責任者である隊長が急いでコックピットまで走り込んでくる。

特徴的な赤い兜とマスク――カグヤ星の、ゴダート隊長だ。

「何事だ！」

「隊長、それが……」

部下たちも皆、戸惑っている。コックピット中央に設置された装置のモニターの中で、砂粒《すなつぶ》のような画像が揺れ動いている。それを見て、ゴダートの顔色が変わったのが、マスクの上からでもわかった。

「まさか……」

ディアボロから預かったエーテルレーダーは、千年前にカグヤ星から消えたとされる伝説の生き物、エスパルが発するエネルギーを検知するために開発されたものだ。カグヤ星が生き延びるためには欠かすことができないとされるエネルギー、エーテルに反応するようにできている。

レーダーの中央、モニターが、これまでにない大きな反応を見せていた。画面の粒《りゅう》子《し》が散らばったかと思うと、一瞬で、ある地点を差すように固まっていく。

「太陽系第三惑星の衛星から、強い反応があります！　おそらく、エスパルかと！」

コンソールのキーボードを叩いていた部下の一人、タラバが緊迫《きんぱく》した表情でゴダートに報告する。その声に、周囲の兵士からどよめきが走った。

「エスパルって迷信じゃないのか？」

「ああ……。オレも嘘っぱちだって思ってた」

「だって、あんなの結局、ただの人間だったんじゃ……」

「エーテルって本当にあるのか？」

ざわめく部下たちを制するように、ゴダートが声を上げる。

「総員、ただちにワープの準備をしろ！」

「はっ！」

部下たちが急いで持ち場につく姿を確認しながら、ゴダートが胸に手を置く。鼓動《こどう》が速い。気持ちが高ぶっていた。小声で呟く。

「とうとう、この時が……」

崩れ落ちた岩の下、カートの中から、ジャイアンとスネ夫が身を起こす。

細かな岩が雨のようにパラパラと落ちてくるが、衝突は避《さ》けられた。「アデデデ」「ううう」と微かにうめきながら、各々の無事を確かめ合う。

「助かったの？」

「危なかったぜぇ。アル、大丈夫か？」

自分たちの乱暴な運転のせいで訪れた危機を、間一髪救ってくれたのが、おそらくこの小さなアルの力なのだということは、ジャイアンたちもわかっていた。礼を言おうと顔を覗き込んで――、そこで初めて、ジャイアンはアルが震えていることに気づいた。

長いウサギ耳を押さえ、何かに怯えたように、ガタガタ震えている。その顔は蒼白《そうはく》だ。

「どうしよう……。強い力はダメなのに……」

「どうしたんだよ？」

ジャイアンとスネ夫が顔を見合わせると、そこへ、みんなの声が聞こえてきた。

「アルー！」と呼びかける声はルカのものだ。アルが顔を上げ、カートから駆け出す。

「ルカ兄たん！　ルナ姉たん！」

二人がやってきてアルに駆け寄る。アルの顔は今にも泣きだしそうだ。

「ごめんなさい、ボク……」

「おい、アルは悪くないぜ！」

「そうだよ、ボクらを助けてくれたんだ。運転してたのはボクたちだよ！」

ジャイアンとスネ夫が言うと、ルカとルナが二人を見た。やるせなさそうに、首を振る。

「違う。そうじゃなくて、アルが強い力を使ったことが問題なんだ」

ルカの目が空を、まるでにらみつけるように見つめる。呟いた。

「これまでずっと、隠れてきたのに……」

ただごとではない様子に、ドラえもんとのび太が尋ねる。

「ルカ、キミたちは一体……」

「ひょっとして、誰かから逃げているの？」

コロニーにいる間も、ずっと疑問に思っていたことだった。カグヤ星にいたはずのルカたちが、なぜ、月に今住んでいるのか。エーテルの力を使えば、もっと便利に生活できるはずなのに、そうしないのはなぜなのか。

ルカがのび太たちを見た。ぎゅっと手を握り締め、やがて、吐《は》き捨てるように、一言、口にする。

「カグヤ星人……」

絞《しぼ》り出すような声だった。その声に、のび太たち全員が息をのむ。ルカが説明する。

「千年前、カグヤ星の軍部がボクらの力を利用した強力な破壊兵器を開発した。父さんと母さんはそれが嫌で、ボクらをカグヤ星から逃がしたんだ」

「カグヤ星には、わたしたちのエーテルを探知できる機械があるはずなの。少しくらいなら構わないけど、大きな力を使うと居場所がバレてしまうかもしれなくて……」

「だから月でも不便な生活しかしていなかったのか……」

ルナの説明にドラえもんが頷く。「でもさ」と、ジャイアンが身を乗り出した。

「でも、それって千年も前のことなんだろ？　今はもう、いくらカグヤ星人がしつこくたってさすがに……」

「……『月』が、消えたんだ」

ルカが言って、一同が「えっ⁉」と言葉を失う。空を睨《にら》みながら、ルカが続ける。

「千年前、ボクたちの力を戦争に利用しようとしたカグヤ星の軍部が、エーテルを使ってとんでもない破壊兵器を作った。星全体にその力を見せつけるために、カグヤ星の衛星を吹き飛ばそうとした」

「なんてことを……」

「衛星は消滅こそしなかったけれど、その一部が欠けてしまった」

「そんな……」

ドラえもんが、信じられない、という表情で茫然《ぼうぜん》と口にする。

「地球にとっての月を壊《こわ》すようなもんだ！　そんなことしたら相互《そうご》に引き合う力のバランスが崩れるし、カグヤ星だって無事では済まない！」

「うん……。吹き飛んだ『月』の破片がカグヤ星に降り注いで、津波《つなみ》や噴火《ふんか》が次々起こった。空は煙に覆われて、カグヤ星は光のない夜の世界になってしまったんだ」

「お父さんとお母さんは、これ以上力が悪用されないように、わたしたちみんなを宇宙船に乗せて逃がしたの」

ルナが言う。その時のことを思い出しているのか、ルカは唇を噛んで黙り込んだ。

ルナもまた、思い出す。

行きたくない、と泣きながら踏ん張って立つ弟を、父が抱きしめ、母が抱きしめ――そして、その頬をパシン、と張る。「早く船に乗りなさい！」と命じられた弟が、わーん、と泣きながら、船の中に走り込む。

残されたルナは、その時、眠るアルを抱きかかえていた。そのルナに向けて、目線の高さまで膝を折り、父が言う。

「みんなを頼んだぞ」

その時、腕の中のアルがパチリと目を開けた。微かな光を纏いながら、あの時、アルがひとつの予言をした。

――千の時を経て、友と一緒に――。千の――。

予言の途中で、カグヤ星の兵士たちがやってきた。「いたぞ」「つかまえろ」という乱暴な声を受けながら、父と母が言う。

「早く行け！」

後ろ髪ひかれる思いで、ルナは走った。父と母が武装した兵士たちに取り押さえられる。つかまる父と母の声を聞きながら、胸がちぎれそうになって、涙が出た。

父の声、母のぬくもり――それらを振り切って、ルナはアルを抱え、ただただ、追い立てられるように、カグヤ星を出た。

カグヤ星から、本当に追っ手がくるのかどうかはわからない。

しかし、嫌な予感がしていた。皆でまたカートに分かれて乗り、コロニーまで急ぐ。

ルカが説明する。

「カグヤ星は、ボクたちがいた頃より、さらに住むのには過酷な環境になっているはずで、それを解決するために、今もボクらを探し続けているかもしれないんだ」

「自分たちで星を壊しておいて、そんなの勝手すぎるわ！」

切なさと怒りが入り混じった声でしずかちゃんが叫ぶ。別のカートを運転するスネ夫の顔は、心底不安そうだ。

「悪い奴《やつ》らが追いかけてくるってこと？　そんなの聞いてないよ！」

「バッキャロー！　千年も前の話だぞ？　追いかけてくるって決まったわけじゃねえだろ！」

スネ夫の隣でジャイアンが言う。のび太のカートの助手席で、ルカが申し訳なさそうに顔を伏せた。

「みんなに心配かけたくなかったんだ。とにかく、一刻も早くコロニーに戻らないと……」

その時だ。

キューン、と空全体が震えるような異音が、月を包んだ。これまでに経験したことがないような緊迫感あふれる音と震えだった。

月の上空に、空の一部を溶かしたような円形の輪が開く。ゆっくりと、その光の膜が揺れ動く。――最初に見えたのは、赤い、船の先端。

電気が爆《は》ぜるようなバリバリ、という音を立てて、巨大な船が空に出現する。

ワープしてきた、カグヤ星のエスパル捜索船だ。

「ごめん……」

空を見上げ、唇《くちびる》を噛んだルカが悔しそうに呟く。突如現れた、不穏な船の姿を睨む。

「千年経っても、あきらめてくれてなかったみたいだ」

◐

月の上空に現れた捜索船の中で、窓の外に現れた光景を見て、ゴダートは息をのんでいた。そのあまりの美しさに、すぐには言葉が出ないほどだった。

月を隔てて、その奥に青く輝く星が見えたからだ。

「美しい……。何だあの星は？」

窓の外にしばし見入る。緑と水、豊かな光に恵《めぐ》まれた大地。その姿はまるで――。

「かつてのカグヤ星を見るようだ……」

ゴダートの生まれる遥か昔の故郷。資料に残る映像や画像でしか見たことのない豊かな星は、今はもう失われた姿だ。

カグヤ星から遠く離れたこの場所に、こんな美しい星があるとは思わなかった。すでに文明は築かれているのだろうか。あの星に住むのは、一体どんな者たちだろうか。

「ゴダート様！」

同じくその青い星の姿に見入っていた部下のタラバが、ゴダートの前に歩み出る。

「資源と光の宝庫じゃないですか！　この星のことを早くディアボロ様に報告しましょう！」

「……いや、待て。エスパルを捕《と》らえる方が先だ」

「しかしっ！」

「何のためにきたのか思い出せ！　急げっ」

　ゴダートの命令に、タラバが不服そうに唇を尖らせる。不承不承といった様子で、

「ハッ」と頭《こうべ》を垂れた。

「隊長、エーテルの反応はあの衛星から出ているようです」

　モニターを覗いていた別の部下が言う。月面を拡大してモニターに映すと、船内の部下たちから一斉に「おおおおっ！」と声が上がった。

　エスパルの姿が、画面に大写しになる。こちらを睨みつける、ルカの顔が。

「白く長い耳！　伝説の通りだ」

「でも、まだ子どもじゃないか」

「見た目に惑わされるな！」

　子どもの姿に戸惑う部下のクラブとキャンサーに向け、ゴダートの声が飛ぶ。

「見た目が子どものままというだけで、中味は一〇〇〇歳以上だ。容赦《ようしゃ》するな」

　厳しい声をかけたそのすぐ後で、ゴダートがぼそっと呟く。

「その〝子ども〟に頼《たよ》るしかないのが我々の現状だがな」

　自嘲《じちょう》気味な声は、部下たちには誰も聞こえなかった。ゴダートがモニターの中央に立つルカを見る。そしてさらに、呟いた。

「とうとう会えたな……」

立ち上がり、力強く拳《こぶし》を握る。

「全員戦闘《せんとう》準備！　着陸次第、エスパルを生け捕りにせよ！」

「はっ！」

「くれぐれもエーテル対策を忘れるな！」

銃を用意し、着陸の準備をする部下たち全員に、そう言い放つ。

◐

「早く、コロニーの中へ！」

頭上に迫る宇宙船から逃げながら、ルカが叫ぶ。

カグヤ星からのワープの衝撃で空が震えるように動き、大変な事態が起きたことは、他のエスパルたちにも伝わったはずだ。コロニーに残された仲間のことが気がかりだった。

すると——。

「ルカ兄ちゃーん！」「ルナ姉ちゃーん！」と、向こうから声がした。谷の方から、仲間のエスパルたちがやってくる。異変に気づき、怖くなって出てきたのだ。

「何があったの？」

「怖いよ〜」

ルカたちの方に駆け寄ってくるその姿を見て、ルカとルナが首を振る。

「まずい！」

「来ちゃだめー！」

空から振動が近づいてくる。

捜索船が月面すれすれを舐めるように、ルカたちを追いかけてくる。そのまま、月面にズシーン、と重たい音を立てて着陸する。エスパルたち全員がそろうのを待っていたかのような——最悪のタイミングだった。

タラップが開き、兵士たちが降りてくる。隊長らしき声がする。

「実弾は使うな！　生け捕りにするんだ。ショックビームを使え！」

「そうはさせない！」

生け捕り、という恐《おそ》ろしい声に、ルカが叫びながら、手を上げてエーテルを解放する。青白いその光を見て、兵士の一人、クラブが「まずい！」と声を上げた。ルカめがけて銃を撃つ。

飛んできた二本のビームを、ルカがエーテルの力で弾き返す。ルカの両手から放出されたエーテルの力が、そのまままっすぐ、兵士たちに向かっていく。

「ぎゃあ！」

銃を撃《う》っていたクラブとキャンサーが青い光に搦《から》めとられる。ルカが腕を大きく振ると、二人の体が宙に持ち上げられた。

「ひえええーー！」

二人が地面に叩きつけられる。その顔が、まだ半信半疑な様子で、信じられないというように、ルカやルナたちの姿を茫然と見つめている。

「まさか、エスパルが……」

「本当にいるなんて……」

弟と同じように、今度はルナの体がエーテルで輝いた。宙に浮かび、顔の前で両手をクロスさせる。

「上だ！」

「狙《ねら》え！」

自分に向けて銃を構える兵士たちに向け、ルナの手から、エーテルのビームが飛んだ。そのビームが兵士を捕らえ、彼らを吹き飛ばす。

「すごい!!」

「これがエーテル！」

ドラえもんとのび太が呟く。これまでルカたちが地球や月で使っていた力はほんの一部だったことを思い知る。何の遠慮《えんりょ》もなく解放されると、こんなにすごい力だったのか。

これなら逃げられる！　期待に顔を見合わせた、その時だった。

カグヤ星の宇宙船の方から、他の兵士とは明らかに違う、異様な迫力をまとった人物がやってきた。

赤い甲冑に、兜とマスク。兵士を引き連れ、歩いてくる。隊長ゴダートが、倒れた兵士を一瞥《いちべつ》し、鋭く言い放った。

「エーテル対策を忘れるなと言ったはずだ！　エーテルミューターを起動しろ！」

ゴダートの後ろに控《ひか》えた兵士たちが、大きな機械を抱えている。

命令を受け、その機械の先がブオーンと震えるような音を立てた。四本のアームから、妖《あや》しい光が放たれる。アームが回転を始めた。

「放てっ！」

ゴダートが命じると、中央のアームの回転から何かが飛び出てきた。それはまるで生き物のような――、砂でできた龍《りゅう》のように、見えた。その龍がまるで本当に生きているかのように、天高く昇っていく。

舞い上がった龍が、突如、空で割れた。

すさまじい、咆哮《ほうこう》のような音が弾ける。

次の瞬間、ザーーっという音とともに、灰色の雨が降ってきた。

「何だ？」

「砂の雨？」

美しかったはずの星空が、濁った色で一瞬のうちに覆われる。

ドラえもんたちは皆、雨に身を伏せた。しかし、それ以上に苦しむ声が聞こえた。

「ううう……」

「苦しい……」

「いたいよ……」

エスパルたちだった。みんなウサギ耳のセンサーに手を当てて、苦しみ、悶《もだ》えている。

「ルナちゃん！」

膝から崩れ落ちたルナに、スネ夫としずかちゃんが駆け寄る。

「大丈夫か⁉　アル⁉」

倒れかけたアルをジャイアンが心配そうに支える。

ルカもまた、うめき、地面に手をついた。駆け寄るのび太に、息苦しそうに口にする。その手にさっきまでの青白い光がない。

「エーテルが、エーテルが使えない……」

「えっ⁉」

ゴダートが仲間の兵士たちに右手を振り、命じる。

「エーテルが使えなければただの子どもだ。捕獲《ほかく》して船に乗せろ！」

「おおー！」

形勢逆転した兵士たちの士気が一気に上がった。ドラえもんが叫ぶ。

「みんな！　逃げるんだ！」

一同がカートに乗り込む。

「逃がすか！」

兵士たちが迫ってくる。ルカ、ルナ、アルの三人を助け起こしながら、のび太がドラえもんに尋ねる。

「他のエスパルたちは？」

「後で助けるしかない！」

カートに飛び乗り、逃げる。

遠ざかる視界の中で、エーテルミューターの砂にまみれ、ぐったりとしたエスパルたちが次々、兵士に捕らえられていく。

「立て！」「つかまえたぞ」「おとなしくしろ！」

「ううう」「やめろ……」「いやだぁ」

悲痛な声を振り切るようにして、カートが三台、宙を舞う。

ゴダートが叫んだ。

「追え！　逃がすな！」


カートに乗っても、ルカはまだ苦しそうだった。体を押さえて、つらそうに息をする姿は、見ているだけでのび太の胸が痛んだ。早く、あの砂の効果が届かない場所までつれていかないと……。

「ルカ、しっかりして」

そうしている間にも、背後からカグヤ星の兵士たちの小型バギーが追ってくる。繰り出されるビームに、どうにかそれをかわして走るので精一杯だ。

今また、一筋、ビーム砲《ほう》の光が繰り出される。のび太たちの後ろを走っていたカートから、アルが振り落とされた。

「アルーーっ!!」

ジャイアンが叫ぶ。叫ぶジャイアンの目の前で、カグヤ星のバギーから伸びたアームがアルの小さな体を掬《すく》い取る。

別のビーム砲が飛んだ。

その光はスネ夫としずかちゃん、ルナが乗るカートを直撃し、乗っていた全員が空中に放り出された。

「くっ……！」

歯を食いしばり、ルナが手をかざす。地面に向けて落ちながら、スネ夫としずかちゃんに向けて、懸命に力を振り絞る。二人の体を青白いエーテルの光が包むように覆った。

前方を走るドラえもんのカートに、二人が運ばれ、送り届けられる。

助けられた二人が、急いで後ろを振り返る。ルナが倒れている。砂にまみれ、苦しそうだけどそれだけじゃない。足を痛めたようで、もう起き上がれないのだ。

「ルナちゃん!!」

「逃げてください！」

ルナが叫ぶ。そのすぐ後ろに、カグヤ星人たちのバギーのアームが迫っている。

「ちくしょう!」

ジャイアンが叫んだ。

「戻るぞ、ドラえもん!」

「それが……」

ドラえもんが困惑《こんわく》したようにカートのコントローラーを示す。

「コントロールがきかないんだ」

固定されたコントロールローラーは青白い光に覆われているように見えた。一同が気づいて前を見ると、前を走るのび太のカートからルカが身を乗り出していた。その手からのエーテルが、ドラえもんのカートを操作しているようだった。

「ルカ! 余計なことすんじゃねえ!」

「ダメだ! 今戻ってもつかまる!」

叫ぶジャイアンの声を聞きながら、ルカが苦しそうな表情で言う。「のび太」と呼びかける。

「のび太たちが月に来たドアまで戻れる?」

「『どこでもドア』のこと? そうか! 『どこでもドア』で地球に戻れば……」

状況《じょうきょう》に、わずかな光明が見えた気がした。のび太の声に、ルカが無言でこくりと頷いた。

◐

一方、その頃——。

のび太たちの月面レースのスタート地点に、ただ一匹、待ちぼうけを食らって座り込んでいる者がいた。

モゾだ。

「まったくあのウサギのせいでひどい目にあいました。こんなことならワタクシもレースに参加するんでした」

ノビットのあべこべ車から弾きだされ、退屈《たいくつ》しながら文句を言っていると、ふと、東の空から何かが近づいてくるのが見えた。激しい光のぶつかり合い——、すごいスピードで、まるで何かから逃げているかのような。

何事かと立ち上がり、身を乗り出すと……。

空の上で、レーザービームが連続してカートに命中する。ドラえもんたちとのび太たちが乗った二台のカートがバランスを崩し、失速してモゾの方に落ちてくる。

「カメェーーッ！」

モゾがあわてて身を翻《ひるがえ》すと、二台のカートはモゾがさっきまでいた場所に突っ込み、その動きを完全に停止した。不時着の衝撃で外に放り出されたドラえもんたちが、レゴリスまみれになった頭を振り、顔を拭《ぬぐ》う。

「ドアまで走るんだ！　早く！」

ドラえもんが叫んだ。言うが早いか、走り出す。

その背後に、ゴダート率いる兵士たちがバギーで迫る。必死に走るのび太たちの目が、その時、『どこでもドア』を捉えた。

あと少し――！

「のび太くんの部屋へ！」

ドアに駆け込む。全員でドアの向こうに走り、最後にのび太がルカを一緒に中に引き入れようとした時だった。

ルカの手が、のび太から離れた。

「ルカ⁉」

驚いて振り返る。

「ボクは残る。仲間を残してはいけない」

ルカが言った。とても苦しそうで、立つのもやっとの状態に見えた。

「だったらボクらも！　友達だろ⁉」

のび太が言うと、ルカの表情が歪んだ。泣き出しそうに俯き、その顔がふいに――笑った。

「友達だからさ」

――友達は仲間。

のび太の声が、ルカの胸の奥に蘇《よみがえ》る。

――ただ友達っていうそれだけで、助けていい理由にだってなるんだ。

「ルカーーっ！」

ボクたちを逃がすためだったんだ！

のび太は気づいた。ドアのところまできたのは、自分が逃げるためじゃない。ボクたちを、助けるために！

手を伸ばす。一生懸命、ドアの向こうに手を伸ばす。だけど、ルカがドアを閉じる方が早い。

バタン、とドアを閉め、ルカがそのまま、ドアを背に立つ。目を閉じ、一言、呟いた。

「のび太、みんな、ありがとう」

その時だ。

レーザーがルカめがけて飛んでくる。ルカが咄嗟に身を屈めると、その光がドアに命中し、『どこでもドア』が粉々に吹き飛んだ。

「‼」

その衝撃が、閉じたドアの向こう、地球ののび太の部屋にまで伝わる。のび太たちの目の前で、ドアが爆発した。

撃ったのは、ゴダートの部下のタラバだ。その銃身をゴダートがつかむ。「バカモノ！」という厳しい叱責《しっせき》の声が飛んだ。

「エスパルたちに当たったらどうする。愚《おろ》か者！」

タラバがうなだれ、ひそかにチッと舌打ちをする。自分が一番正しいような顔をしている高圧的なこの隊長のことを、タラバはいつも、内心《ないしん》けむたく思っていた。

そんなタラバを尻目《しりめ》に、ゴダートがルカの方に歩いていく。ルカがゆっくり立ち上がり、後ずさる。ドアがあった高台を、じりじりと一歩ずつ。しかし、その後ろは切り立った高い崖だ。

「無駄《むだ》だ。どこにも逃げ場はない」

ゴダートの声が無情に響く。

後ろ向きのまま、荒く息をして、ルカは無言で後ろを振り返った。そして――気づいた。

しゃらーん、と鐘《かね》が鳴るような、涼《すず》やかな音色がしている。はっとして目を凝らす。

崖の向こうに、光るドームの姿が見える。

「何を見ている？　暗い荒野に仲間でもいるのか？」

ゴダートが聞いた。怪訝《けげん》そうに首を傾げるその姿に、ルカが目を見開いた。はっとして胸のバッジを見る。みんなとおそろいの、『異説クラブメンバーズバッジ』。

ドラえもんの言葉が耳の奥で蘇る。

――異説の世界で作られたものは定説の世界からは見えないんだ。

その声が蘇った瞬間、ルカは最後の力を振り絞っていた。顔を上げる。

全身全霊の力をこめて、胸のバッジを握り締めた。

interlude

エスパルの、永遠の命は長い。

この永遠の命は、ルカたちが生み出すことができるエーテルの力によるものだ。カグヤ星にいた頃、父と母にそう教えてもらった。

生物学者だった父と母が、ルカたちを生み出したのは、まったくの偶然の結果だった。

二人が研究と実験を繰り返していたある日、施設の煙突《えんとつ》に雷《かみなり》が落ちた。

その瞬間、試験管の中で突如、青白い光の爆発が起こったのだという。

その光がどんどん、隣の試験管にも、そのまた隣の試験管にも——と数珠繋《じゅずつな》ぎに広がり、ルカたち十一人のエスパルの命が生まれた。

不思議な力を持った、子どもの姿のまま、成長が止まる種族。

同じ試験管の中で、二つ同時に分裂《ぶんれつ》して爆発した命。それがルナとルカの姉弟《きょうだい》だった。

エスパルたちの生み出すエーテルが燃料になることは、研究してすぐにわかった。

そのエネルギーは、抽出《ちゅうしゅつ》すれば、カグヤ星の機械を動かしたり、星の植物を活性化することができる。地球で言うところの石油や天然ガスのようなものだ。

新たに生まれた貴重な未知のエネルギーの存在に、千年前のカグヤ星は沸《わ》き立った。

エーテルを手にしたことへのカグヤ星人たちの喜びと驚き、興奮は、やがて、暴走し――、恐ろしい破壊兵器の開発へと結びついていった。当時、カグヤ星を統治していた勢力のいくつかが対立し、そのひとつがエスパルたちのエーテルを破壊につなげることを思いついたのだ。

かくして、カグヤ星の『月』は失われ、エスパルたちを生み出したゴダール夫妻は、学者としての良心から、とても苦しんだ。

「行きなさい。あなたたちは、これ以上ここにいてはいけない」

あの日、船に乗せられる時、そう命じられ、ルカの心を黒々とした絶望が襲った。

これまで、どんなことがあっても、この夫妻のことだけは信じられると思っていた。

自分たちは研究対象かもしれないけれど、それでも、彼らは、ルカたちに自分たちを「お父さん」「お母さん」と呼ばせていたからだ。

少なくとも、彼らだけはルカたちエスパルを物質やエネルギーではなく、生きた存在として接していると信じていた。

「嫌だ！　ボクも残る！」

嫌な予感がしていた。自分たちがここから離れたその後、父と母がどうなるのか。幼いながらに、胸がざわざわと騒いだ。『月』を失い、光を失い、今やカグヤ星は壊《かい》滅《めつ》状態で、エネルギー問題もより深刻だ。すでにエーテルを使ったさまざまな取り組みが行われ、カグヤ星は、すでにエスパルの存在なしにはやっていけない状況に陥《おちい》っている。

貴重なエネルギー源である自分たちを勝手に逃がしたら、父と母にはどんな罰《ばつ》が待っているか——。

ならば、一緒に行きたい。なぜ、ルカたちと一緒に逃げてくれないのかと思うけれど、二人は、学者としての使命感から、他のカグヤ星人たちを見捨ててはいけない、と星に残る決断をした。

「ルカ、わかってくれ。仕方ないんだ」

父が言う。

「ごめんなさい」

母が謝る。

「——普通の子のように、生きられるようにしてあげたかった」

母が毅然と顔を上げ、唇を嚙み締める。おもむろに、ルカの頰を張った。

「早く船に乗りなさい！」

ルカが泣きながら、仲間の待つ宇宙船の中に逃げ込む。するとそこに、追手の兵士たちが、なだれ込んできた。いたぞ、つかまえろ、エスパルを逃がす気か！

父が自分たちに向けて言い放つ。「早く行け！」と。

父が続けて何か言う。聞き間違いでなければ、こう聞こえた。

「まだ研究は途中だったのに……」と。

「エスパ……たち、から……ルを……ように、して……」

父が何かまだ、言っている。だけど、それが聞こえない。ルカは戻ろうとする。船から降りて、やっぱり、父と母のところに行きたい、行こうとして駆け出す。だけど、間に合わない。

本当は、聞きたかった。

――研究は途中だった。

それは何の研究だったのか。

父と母は、やっぱり、ルカたちのことを所詮《しょせん》、研究の対象としか見ていなかったのではないか。大事なのはルカたちの存在ではなくて、自分たちが生み出すことができるエーテルの方で――それが邪魔になったから、自分たちを追い出したのではないか。

カグヤ星を出て、住める場所を探して宇宙のあちこちを漂い、太陽系に、青く美しい、まるでかつてのカグヤ星のような星を見つけた。

地球、と呼ばれる星を。

降り立つと、そこではすでに地球人たちが文明を築いていた。自分たちの姿は、頭の長いセンサーを隠せば地球人の子どもたちととてもよく似ている。地球人と交流し、一時は、地球に住もうかと考えたこともあったけれど、それはとても怖いことでもあった。

もし、自分たちの力がまた悪用されたら。

カグヤ星でそうだったように、千年前の地球でも、戦争や争いはたびたび起こっていた。他の種族と暮らすことでまたいつ、戦争に自分たちが巻きこまれないとも限らない。一緒には暮らせない、と感じた。

それは、エスパルたちのためである以上に、地球人のためだ。自分たちの力があったばかりに、カグヤ星の『月』が吹き飛ばされてしまった苦い経験を、地球でまた繰り返すわけにはいかなかった。

暮らす場所には、月を選ぶことにした。

人が住むには過酷な環境だが、カグヤ星から遠く離れたこの場所でなら、大きな力を使わなければエーテルを感知される心配はなさそうだったし、何より、外を見れば、美しい地球の存在を常に傍《かたわ》らで眺めることができた。

手を伸ばせばつかめそうなほど近い、あの美しい星には、別の誰かが住んでいる。そう思って眺めるだけで、気持ちが少し、慰《なぐさ》められる気がした。

エーテルの命は、永遠の命。

体の中でエーテルが燃え続ける限り、エスパルたちはずっと生き続ける。その命には終わりがなく、また、自分たちで新しい家族を生み出すこともできない。一代限りで、ただずっと生き続ける。

その命が、「永遠の孤独《こどく》」を意味するのだと気づくのに、そう長くはかからなかった。

青く美しい地球を見下ろしながら、時折、胸がちぎれそうになった。それは――いつまで自分たちは、このままでい続けるのかという思いだった。

死ぬことも、老いることも、新しく家族を迎えることもなく、何の変化もなく、いつまでこのまま生き続けるのか。

みんなのリーダーであるルカやルナにとって、生きるのはもちろん、仲間のためだった。仲間のエスパルたちのため、自分たちがしっかりしなければならない。それは、ルナがゴダール夫妻に命ぜられたことでもある。

しかし、いつまでこのままなのか、という思いは残り続けた。自分たちは、「生きるために生きている」のではないか。そう考えると、胸が激しく掻《か》きむしられた。

エスパルたちは、外見は地球人やカグヤ星人の子どもたちと似ているが、「変化がない」という点においては、子ども以上だった。思考の純粋《じゅんすい》さ、感覚、記憶力。見てきたものすべてを「忘れない」。普通の子どもたちなら成長とともに失うはずの感性を失わない。

外見とともに、中味もまた「老いる」ことがないのだ。

それは、千年も前になったつらい別れの記憶や、父や母のことをいつまでもずっと、その言葉や感触まですべて覚えているということであり、その痛みが薄《うす》れないということでもある。

「忘却《ぼうきゃく》」は、時に、心の傷を癒《いや》すやすらぎになる。忘れるからこそ、人は次に進めることもある。しかし、エスパルにはそれがない。鈍化《どんか》することなく冴《さ》えわたった感性で、いつまでも記憶や考えを鮮明《せんめい》に持ち続ける。

カグヤ星人の寿命《じゅみょう》もまた、地球人の寿命と同じ、長くて、百年ほど。月に住み始めて数十年が経過した頃、ああ——、と気づいた。口には出さなかったけれど、ルナもアルも、他のエスパルたちも、みんなが気づいたことだった。

ゴダール夫妻は、おそらくもういない。

遠く離れたカグヤ星に、いつか戻れる日が来ても、そこにはもう、自分たちの父と母はいない。

そう思ったことで初めて、ルカは自分たちが漠然《ばくぜん》と「いつか父と母が迎えにきてくれる」のではないかと思っていたことを自覚した。月の裏のこの不便な場所に、両親が迎えにきてくれることを、無意識に、祈《いの》るように願っていたのだと思い知った。

それが失われてからが、本当の孤独のはじまりだった。

仲間たちはいるけれど、生きるために生きる、という変化のない、数百年の歳月。緩《ゆる》やかな地獄《じごく》にも等しい日々の中の唯一の慰めが、やはり、地球の存在だった。

宇宙船——アポロ十一号の月への到来《とうらい》。

月面で息を殺して見守りながら、わくわくして、ルカたちの心もはしゃいだ。千年前に降りて行ったきりの地球では、人々が代替《だいが》わりしながら自分たちの文明をさらに発展させている。エスパルにはそれが叶わない分、憧れは募《つの》った。

そしてあの日、月の裏側に探査機がやってきた。

アルの姿が映り込んでしまったのは、きっと、ルカの中ではひとつのきっかけに過ぎなかった。ルカはきっと、理由を探していた。

地球に降りていける理由を。

あの向こうにいる誰かなら、ルカたちの想《おも》いを受け止めてくれるかもしれない。ルナや仲間たちに反対されても、長い命を生きる中で、ルカはもうその衝動《しょうどう》が抑《おさ》えられなくなっていた。

そして、のび太たちに出会った。

月に誰かが住んでいることを信じてくれる、ルカの初めての「友達」。

「友達は仲間だよ！　ただ友達っていうそれだけで、助けていい理由にだってなるんだ」

のび太。

薄れゆく意識の中で、ルカの顔が自然と笑みを浮かべる。バッジを外し、最後の力を振り絞る。

遠くに見える地球に向けて、心の中で呼びかける。
のび太。
出会えたのがキミたちで、本当によかった。

第四章　友達だから

ドラえもんたち五人は、のび太の部屋で、放心状態のまま座り込《こ》んでいた。粉々になった『どこでもドア』の破片が、あたりに散らばっている。

「月面でドアが壊《こわ》されたんだ……」

「そんな……。もう月に戻《もど》れないの⁉」

ドラえもんの言葉に、しずかちゃんがせつない悲鳴のような声で言う。ジャイアンが畳《たたみ》を叩《たた》き、「そんなのありか！」と叫《さけ》んだ。

「オレたちだけ助かるなんて！」

「仕方ないよ。こんなことになるなんて思わないもの……」

力なくうなだれるスネ夫に、ジャイアンが詰《つ》め寄る。

「お前、悔《くや》しくないのかよ！」

「悔しいよっ！」

胸倉をつかまれたスネ夫が顔を上げる。その目に涙《なみだ》が浮《う》かんでいた。

「ボクだって助けてもらったのに！　悔しいに決まってるよ！」

「スネ夫……」

みんなの声を背に受けながら、のび太がゆっくりと立ち上がる。

「ルカはひとりでも残ったんだ……」

さっきまでつかんでいた、ルカの手。離《はな》れてしまった、ルカの手。自分の掌《てのひら》を見つめながら、嚙《か》み締《し》めるように口にする。みんなの方を振り返る。

「ボクたちも、『タケコプター』で助けに行こう！」

決意をこめた声に、しかし、即座《そくざ》にドラえもんが首を振《ふ》る。

「無茶言うな！　地球から月までは三十八万キロ！　近く見えても遠いんだ」

「そんな……」

一同が俯《うつむ》いた、その時だった。

しずかちゃんの背中がおもむろにモコモコ、盛り上がる。襟首《えりくび》から何かが飛び出した。

「月に行く方法ならあります！」

「モゾ！」

全員がその姿に驚愕《きょうがく》する。

モゾは、月面での攻撃《こうげき》や、ドアの爆発《ばくはつ》にまぎれてみんなの中に逃げ込み、一緒《いっしょ》に地球についてきていたのだ。逃げまどったせいか、顔や甲羅《こうら》がかなり汚《よご》れている。

「ルカと地球に来る時に乗ってきた宇宙船が、まだ隠《かく》してあるんです。それに乗れば月に戻ることができます」

モゾの声に、皆《みな》で顔を見合わせる。意を決したように、のび太が顔を上げた。

「行こう。モゾ、案内して」


モゾが案内したのは、裏山のススキ野原だった。

「ここは、初めてルカと会った……」

あの時よりまだ日が高い。

大地とススキが夕日を受け、オレンジ色に照らされていた。あの日、ルカが前に座っていた電波塔《でんぱとう》付近まで近づき、モゾが一本の紅葉《もみじ》の木の前で足を止めた。

「――『パルパルモゾルカ、ゴダルンテ』！」

モゾが、のび太たちには聞き取り切れない、何か呪文《じゅもん》のようなものを口にすると、紅葉の木の根本からふわーっと明かりがもれ出してきた。

地面が盛り上がり、大きなカプセルのようなものが出現する。どうやらそれが、ルカが乗ってきた宇宙船のようだ。

「あった！」

ただ、ずいぶんと小さい。

船の操縦席にさっそくドラえもんが乗り込んで、あれこれ調べ始めたが、船の中はひとり乗ったらそれでいっぱいになってしまいそうだ。思わずスネ夫が尋《たず》ねる。

「これで全員乗れるの？」

「もともと、月にある宇宙船の救命ポッドだったものですから……」

「よし！　改造しよう」

モゾの声に、宇宙船のモニターをいじり、確認していたドラえもんが声を上げる。

「少し時間はかかるけど、二十二世紀の技術を足せばなんとかなる。みんなは家で準備をして、夜の七時にもう一度ここに集合だ！」

「おう！」

「うん！」

「ええ！」

「ただし、危険な旅になるぞ。覚悟《かくご》ができないなら地球に残った方がいい」

ドラえもんがみんなに告げる。そう言うドラえもんの表情も硬《かた》く強張《こわば》っていた。

月面でカグヤ星人たちに追われた恐怖《きょうふ》は全員に嫌《いや》というほど刻み込まれていた。容《よう》赦《しゃ》なく撃《う》たれたビーム砲《ほう》。カートから投げ出された衝撃《しょうげき》。思い出すと、誰《だれ》も皆、まだ足がすくむ。

遠くの山に、オレンジ色の夕日がゆっくりと沈《しず》んでいく。

夜が来る。


のび太の部屋。

机の横から、トートバッグをのび太が手に取る。着替《きが》えを詰め、おやつを詰め、

——肌寒《はださむ》いから、パーカーを一枚羽織《はお》る。

ルカに出会ったあの日より、季節が進んで本格的に夜はもう寒くなった。

昼寝《ひるね》用の枕《まくら》も小脇《こわき》に抱《かか》えて、部屋を出る。

家の外から、そうっと、最後に居間の様子をうかがう。のび太が出て行くことを知

らないパパとママの声が中から聞こえてくる。

「おつまみよ」

「いいね。ありがとう」

パパが新聞をばさっと置く音が聞こえる。その顔を盗《ぬす》み見て、少しだけ、俯く。けれどすぐ、何かに呼ばれたような気がして、顔を上げる。

空には月が出ていた。

いつの間に出ていたのだろう。その月の向こうに、顔が見える気がした。友達の、ルカの顔が。

頰《ほお》を引き締め、ぎゅっと唇《くちびる》を噛み締める。

意を決し、家を出た。


しずかちゃんの家。玄関《げんかん》。

バッグを手に、そっとドアを閉める。

「あら？」

門から出ようとした時、飼い犬のペロがやってきた。

「ペロ！」

どこかに出かけようとしている、その気配を察しているのかもしれない。しずかちゃんが近づくと、嬉《うれ》しそうにその場でクルクル回る。行儀《ぎょうぎ》よくお座りするペロを、しずかちゃんもまた、名残惜《なごりお》しそうに引き寄せる。おでことおでこをくっつけると、あたたかかった。ペロペロと、ペロがしずかちゃんの頰《ほ》っぺたを舐《な》めてくれる。

「……励《はげ》ましてくれるのね。ありがとう」

お礼を言い、最後に一度だけペロをきゅっと抱《だ》きしめる。立ち上がり、門を開けて家を後にする。

剛田家の階段。

大きな風呂敷《ふろしき》包みを担《かつ》いだジャイアンが忍《しの》び足で、そろりそろりと降りてくる。注意深く、抜《ぬ》き足差し足でそろりそろりと。

店に続くふすまを静かに開けて、音がしないようにゆっくり閉める。

出ていく時、店の棚《たな》に並んだビスケットの箱に目が留まった。小さな子どもがおやつを食べている絵が描《えが》かれている。

無言でそれを手に取ると、ポケットに入れて、シャッターの方へ向かう。店のシャッターを少しだけ持ち上げて、外に出ると、もうすっかり夜だった。月が出ている。

待ち合わせの裏山を目指し、ジャイアンが小走りに駆《か》け出す。

スネ夫はその頃《ころ》、裏山に続く道の途中《とちゅう》、橋の上を、行ったり来たりしていた。荷物を入れたリュックサックを背負ったものの、正直に言えば、まだ怖《こわ》い気持ちも強かった。気持ちがまとまりきらないまま、橋の手すりに体を預ける。

川面《かわも》に、月が映っていた。

水の流れの中で、その月がゆらめいている。その姿と輝《かがや》きを見ると、胸が痛んだ。心が引き絞《しぼ》られるような思いがする。

危険な旅。

だけど、あの月に、自分の仲間が待っている。ルナやルカが、待っている。

待ち合わせの七時を前に、月が雲に隠れた。

暗い裏山に、ドラえもんが改造した宇宙船が横たわっている。ドラえもんが時計を確認する。

「そろそろ時間だ。出発しよう」

その声に全員がドラえもんを見る。のび太、しずかちゃん、ジャイアン。――だけど、その中にスネ夫の姿だけがない。ジャイアンが言った。

「もう少し待ってくれよ！　まだスネ夫が……」

その時だった。

「おーい！」

風に、ススキがガサガサ、音を立てて鳴っている。その音の中から、スネ夫の声が聞こえた。一同が振り向くと、ススキの合間を小走りにやってくる影《かげ》があった。

スネ夫だ。

背中にはリュック。立ち止まり、息を整えて言う。

「前髪が決まらなくてさ……」

照れくさそうに、ごまかすように言う姿に、全員が笑顔になった。

「バカヤロウ！」とジャイアンがスネ夫の前に飛び出した。嬉しそうにスネ夫に駆け寄り、ヘッドロックをする。

「お前、遅《おそ》いんだよ！」

「痛い、痛い、痛い」

そう言いながら、スネ夫の顔もどこかほっとしているように見えた。

「それじゃあ、出発しよう！」

月へ行く全員の胸に、『異説クラブメンバーズバッジ』がそろって輝く。

ドラえもんが宇宙船のスイッチを押すと、モニター画面がピコピコ点滅《てんめつ》し始めた。

しかし、飛び立つ様子がない。

「動かないのか？」

「改造して壊しちゃったとか……？」

ジャイアンとスネ夫が心配そうに言うと、モゾが「大丈夫《だいじょうぶ》です！」とのび太の肩《かた》で胸にぽん、と手を置いた。

「ご心配なく！　きっと、もうそろそろ……」

モゾがそう言った、ちょうどそのタイミングで、空の雲がふいに晴れた。

暗かった空から、月光が差し込む。

その途端《とたん》、横たわっていた宇宙船のエンジンがブーン、と音を立てた。あちこちが光る。モニターの明かりがついていく。月の光を動力にしたように、宇宙船のポッドの底が光る。その先についていた布のようなものが開き、だんだんと膨《ふく》らんでいく。

のび太は気づいた。

気球だ！

ドラえもんが改造した宇宙船は、上にドラえもんの顔のバルーンがついた気球型になっていた。

「早く船に乗って！」

ふいにドラえもんが合図した。

「急いで飛び乗らないと置いていかれるぞ！」

「ええー！」

「そういうことは先に言っておいてよ！」

垂直に立ったポッドにあわてて走り寄り、全員、中に飛び込む。

みんなが乗るのを待っていたかのように、バルーンが空に浮上《ふじょう》する。一気に高度を上げ、月に近づいていく。

「わあー！」

「すっげぇー！」

「飛んだ飛んだ！」

「見てよ、街がジオラマみたい」

ぐんぐん舞《ま》い上がる気球から見下ろす夜の街は、まるでミニチュアのようだった。

家々の無数の明かり。車の走る高速道路は、まるで光の帯のようだ。

「あのひとつひとつに誰かが暮らしてるのね」

「ボクらの家も、あの中のどれかなんだね」

しずかちゃんが呟《つぶや》き、のび太が頷《うなず》く。

「フフフ、『テキオー灯』！」

ドラえもんが、ポケットから道具を取り出す。

宇宙でも海底でも、その光を浴びたらどんな場所にも適応できるようになるひみつ道具『テキオー灯』の光で全員を照らす。ドラえもんが説明する。

「大気圏《たいきけん》外に出たら高速運転に切《き》り替《か》えるよ。月に到着《とうちゃく》するまで丸一日かかる。中に入って少し休もう」

気球ポッドの床《ゆか》に、ハッチの入り口がついていた。ドラえもんがそこを開けると、中にはびっくりするような広さの部屋ができていた。まるで家のようだ。

「中は四次元空間になってるんだ。みんなの部屋もあるよ」

「わーい！」

ドラえもんの声に、一同が喜ぶ。

スネ夫とジャイアンがさっそく自分たちの部屋に行き、ベッドや椅子《いす》でぼよんぼよんと飛び跳《は》ねる。しずかちゃんが控《ひか》えめな口調で「さすがにお風呂はないわよね……」と言うと、ドラえもんが「あるよ！」と微笑《ほほえ》んだ。

案内された浴室で、しずかちゃんが窓の外に映る地球を見ながら浴槽《よくそう》につかってうっとり呟く。

「地球見風呂なんて贅沢《ぜいたく》ね～」

皆が各自、部屋で思い思いに羽を伸ばす間、のび太とドラえもんはコックピットで前を見据《みす》えていた。特にのび太は、落ち着かない気持ちでいた。

のび太の肩にはモゾが乗っている。ルカの肩にそうしていたのと、同じように。

月の姿が、だんだんと近づいてくる。

のび太が呟いた。

「待っててね、ルカ」

◐

月に到着してすぐ、のび太たちがルカたちを探す。大きな声で、名前を呼ぶ。

「ルカー！」

「アルー！」

「ルナちゃーん！」

月面は、カグヤ星の兵士たちの襲来《しゅうらい》を受け、ところどころ地面が削《けず》れたり、すり減ったような戦闘《せんとう》の痕跡《こんせき》が生々しく残っている。しかし、それだけだ。ルカたちエスパルの姿も、カグヤ星人の姿さえない。

「ダメだ。誰もいない」

コロニーに誰か残っていないか、確認しに行ったドラえもんとモゾががっくりと肩を落として戻ってくる。モゾが言う。

「どうやら全員カグヤ星に……」

「そんな……」

しずかちゃんがショックに言葉を失う。誰も皆、失意のうちに言葉が続かない。

その時だった。

静寂《せいじゃく》を打ち破るような、月面世界には場違《ばちが》いな音が、遠くで聞こえた。チンチンチンチン、という軽快な音。皆が顔を上げると、それはどうやら、崖《がけ》の下にやってきた車のベルのようだった。後ろ向きに走るその車を運転するのは――。

「ノビット⁉」

「ノビビー！　ノビビー！」

ノビットが大きく手を振る。こっちを見ながら、そのまま、ゆっくりと車を走らせ始める。まるで、「こっちへ来い」とのび太たちを誘《さそ》っているようだ。

「話したいことがあるみたい」

「ついていってみよう！」

頷き、全員、『タケコプター』を頭につける。ノビットの車の後をついていく。


ノビットが一同を案内したのは、ウサギ王国にあるノビットの家だった。

「ノビッ！」

地下の部屋に通され、ノビットが入り口のにんじん柄《がら》のカーテンを開くと、そこに、隠れるようにしてひとりのエスパルが座り込んでいた。その姿を見て、全員が声を上げる。

「ルナちゃん！」

怪我《けが》をした右足をベッドに投げ出すようにして、ルナが座っていた。スネ夫が駆け寄る。

「無事だったんだね！」

「皆さん！」

ルナがぱっと顔を輝かせ――、次の瞬間《しゅんかん》、やるせなさそうにその顔が俯く。胸に、みんなと同じ、『異説クラブメンバーズバッジ』が輝いている。

「ルカが自分のバッジをわたしにつけて、ここに逃《に》がしてくれたんです」

「そうか！」

ドラえもんが大きく頷いた。

「バッジがないカグヤ星人たちにはウサギ王国が見えなかったんだ」

ルカが咄嗟《とっさ》に判断したに違《ちが》いなかった。異説の世界で作ったものは、バッジのない人たちからは見えない。ドラえもんが話した言葉を、ルカは覚えていたのだ。自分のバッジを使って、ひとりだけでも逃がそうと、一番近くにいたルナに向けて、最後の力を振り絞《しぼ》ったのだろう。エーテルの力で自分のバッジを飛ばし、ルナにつけて、ウサギ王国まで運んだ。

「でも、ルカがわたしの身代わりに……。いつも、無茶するから……」

ルナが目を伏《ふ》せると、その目からポロポロと涙がこぼれ落ちた。皆、怒《いか》りと切なさで胸がいっぱいになる。ジャイアンが拳《こぶし》を握《にぎ》り締めた。

「カグヤ星人の奴《やつ》ら、許せねえ！」

「ルカたちは必ずボクたちが助け出すよ！」

のび太が言うと、ドラえもんが「よし、じゃあ」とポケットに手を入れた。

「『お医者さんカバン』！　しずかちゃんはここに残って、ルナの手当てをして」

「わかったわ」

「それと、『虫の知らせアラーム』と『スペアポケット』！」

虫の形をした目覚まし時計のようなアラームを示しながら、ドラえもんがしずかちゃんに説明する。

「カグヤ星でもしものことがあれば、『虫の知らせアラーム』が鳴る。『スペアポケット』はボクのポケットとつながっているから、緊急《きんきゅう》脱出用として置いておくよ」

ドラえもんの説明の後で、ノビットが「ノビビビー」と階段を駆け下りてきた。のび太たちに、風呂敷包みを差し出す。

「ノッビ、ノッビ！」

まるで「持ってけ、持ってけ」と言うように示された中身を見て、思わずのび太たちの口から「わあ！」と声が出る。

「おもちかぁ〜。ありがとう、ノビット」

「ノビ〜」

丸まったおいしそうなおもちの山をのび太が背負う。

月からカグヤ星へ。

ドラバルーンの気球型宇宙船に戻り、月面から再び旅立つ。

見送るしずかちゃんとルナ、ノビットに向けて手を振る。スネ夫が言った。

「ルナちゃーん、必ず戻るからね～！」

「お願いします！」

「気をつけて！」

月面を気球がまたどんどんと遠ざかる。視界から完全に月が消え、あたりが完全に宇宙の海の中になると、全員がコックピットに集まった。

「モゾの案内によると、カグヤ星まではおよそ四十光年。光の速さでも四十年かかる」

「ええ～！　そんなにのんびりしてられないよ！」

「着く頃にはじいちゃんだぜ⁉」

のび太とジャイアンがうろたえて言うと、のび太の肩のモゾが、意外そうに「おや？」と首を傾《かし》げた。

「地球の皆さんはワープ航法をご存じない？　ワープを使えばあっという間にカグヤ星です」

モゾが、操縦席のドラえもんを見る。

「操縦レバーを左右同時に倒《たお》してみてください」

「それじゃあ、さっそく……」

レバーをぐーっと前に倒すと、フロントモニターの宇宙が、ゆらいだ。

気球が輝く。前方の宇宙空間が激しく震《ふる》える。真ん中の一点を除く他のすべて、映る星々が高速で、次々光の筋になって流れていく。視界が光で包まれる。

「ワープ！」

ドラえもんの声に合わせ、船が光の中に飛び込んでいく。


一方その頃——。

カグヤ星の中心、ディアパレス。

ディアボロの鎮座《ちんざ》する、寝殿造《しんでんづく》りの「帝《みかど》の間」で、ゴダートはルカを連れ、帝の前にいた。御簾《みす》の前まで来て、ひざまずく。

「ディアボロ様。エスパルたちを捕《と》らえて参りました。彼がエスパルの長です」

ルカの手には、エーテルを使えないように特殊《とくしゅ》加工された手錠《てじょう》がかけられ、その先がゴダートの剣《けん》の柄《つか》と鎖《くさり》でつながれていた。ルカが御簾の向こうを睨《にら》み、不服そうに顔をそむけた。

御簾の向こうから、部屋全体を包むような威厳《いげん》のある声が返ってくる。

「大儀《たいぎ》であった」

御簾の向こうがうっすらと光り、今日はディアボロのその顔がおぼろげにではあるが見える。老人の――まるで般若《はんにゃ》の面をつけたような、表情に乏《とぼ》しい恐《おそ》ろしい顔だ。

「うぬらにしては上出来と言えよう」

「はっ！　エーテルの力でカグヤ星が救われると思えば――」

「そうではない」

言葉を遮《さえぎ》られ、ゴダートが意表を突《つ》かれて顔を上げる。ディアボロが愉快《ゆかい》そうに続けた。

「エスパル以上によきものを、お前たちは見つけてきたそうではないか」

「何のことでしょう？」

意味がわからず問い返すと、ディアボロの声が答える。

「かの星はいと美しく、かつてのカグヤ星のようだとか」

「……それはっ！」

エスパルたちを見つけた場所のすぐ近くにあった、青く美しいあの星。

報告はしていなかったはずだ。言葉を失うゴダートのもとに、「へっへっへっへ」と笑い声が近づいてくる。振り返ると、待機を命じておいたはずの部下がいつの間にか現れていた。

「タラバ！」

謁見《えっけん》が許されるのは隊長の自分だけのはずだ。立場を越《こ》えて、勝手に報告したに違いなかった。

御簾の向こうのディアボロの、空洞《くうどう》に見えた瞳《ひとみ》に不穏《ふおん》な輝きが宿る。

「エスパルの力で破壊《はかい》兵器も蘇《よみがえ》る。さすれば、かの星を手に入れることもたやすい」

「地球……」

ルカの口から微《かす》かに呟きがもれる。これまで黙《だま》っていたが、我慢《がまん》できずに立ち上がった。

「地球のことだな！」

「やめろ！　帝の御前《ごぜん》だぞ！」

ゴダートが手錠につないだ鎖を引くと、ルカの体が床に強引に伏せられた。ディアボロの高笑いが響《ひび》く。

「フハハハハハハ、地球というのか、かの星は」

「エスパルを捕《と》らえたのはカグヤ星に光を取り戻すためではないのですか⁉」

ゴダートの声は、激しく動揺《どうよう》して聞こえた。うろたえる家来をあざ笑うかのように、ディアボロが説明する。

「この星はもはや死にかけた骸《むくろ》よ。貴重なエーテルをそのようなことには使えぬ。次は地球を侵略《しんりゃく》するのだ！」

ゴダートが絶句する。ディアボロの声がなおも響き渡《わた》る。

「兵器の復活に備え、エスパルたちを牢《ろう》に入れておけ」

御簾の向こうの光が消え、玉座が完全な暗闇《くらやみ》になる。

残されたゴダートが、強く、何かに耐《た》えるように拳を握り締めている。そのまま、強引に頭を下げた。

「はっ……」

ルカを牢屋につれていくゴダートの前で、タラバが胸を張る。

「今日から隊長はこのタラバ様だ。もう金輪際、偉《えら》そうに指図するんじゃねえぞ！」

長い廊下《ろうか》を進みながら、尊大な態度でかつての自分の隊長をあざ笑う。ゴダートは無言だ。

横を歩くルカは、ただ俯きながら、彼らの様子を見ていた。すると――。

「逃げろ」

小さな声がした。「えっ⁉」と驚《おどろ》いて顔を上げると、次の瞬間、横のゴダートが剣に手をかけて、すっと前に出た。

「聞いてんのか、ゴダー……」

タラバが振り向き、ゴダートの名前を最後まで続けようとした瞬間、それより早く、ゴダートが距離《きょり》を詰め、タラバの懐《ふところ》に入り込んだ。そのまま、剣をみぞおちに当てると、タラバが「ごっ！」と短くうめく。そのまま、その巨体《きょたい》が崩《くず》れ落ちた。

ゴダートが振り返る。次はルカに狙《ねら》いを定めた。

「！」

ルカがたじろぎ、咄嗟に体をそらす。ゴダートが一気に踏《ふ》み込み、「ふっ！」という掛《か》け声とともに、剣が振り下ろされる。

金属音が響き渡る。呆気《あっけ》ない音を立てて、ルカの手錠が一刀両断され、手から外れた。鎖から自由になる。

驚いたのはルカだ。

「どうして？」

「お前たちを兵器に利用させるわけにはいかない。行けっ！」

ゴダートがきっぱりと言い放つ。ルカは息をのんだまま、その顔を見つめ返した。

しかし、その時だ。廊下の向こうから、滑《すべ》るような動きで、新たな兵士たちがやってきた。月に来たゴダートのような兵士たちとは外見がまるきり違う。着物のような白装束《しろしょうぞく》。顔が頭巾《ずきん》で覆《おお》われ、頭に黒い烏帽子《えぼし》をかぶっている。三日月のマークが入った覆面《ふくめん》がひどく不気味な印象だった。まるで心がないように、一言も発さず、素早い所作でざっと間合いを詰めてくる。覆面のせいで、顔が一切見えない。

「くっ！　帝の衛士《えいし》か！」

ゴダートが忌々《いまいま》しげに叫ぶ。どうやら、この不気味な兵士たちはディアボロ直属の部下のようだ。すると、反対側の通路からも、同じ出《い》で立ちの、帝の衛士たちがやってきた。挟《はさ》み撃《う》ちにされたのだ。

「こっちだ！」

ゴダートがルカの腕《うで》をつかみ、前方にある階段を駆け下りようとする。すると――どこからともなく、声が聞こえた。

「フハハハハハ」

ディアボロの声だった。建物全体を震わせるような、地響きのような声だった。

「腑抜《ふぬ》けたか、ゴダート。化け物どもの味方をするとはな」

「貴様こそ、恥《はじ》を知れ！」

姿の見えない相手に向けて、ゴダートが叫ぶ。

「カグヤ星を見捨て、他の星まで巻き込もうとは！」

「黙れっ！」

ディアボロが言った瞬間、帝の衛士たちが一斉にゴダートを取り囲む。その指先が妖《あや》しい光に染まり、稲妻《いなずま》のようなビームが放出される。光がゴダートを正面から襲《おそ》う。

「ぐわあああ！」

感電し、体の自由を奪《うば》われたゴダートが叫ぶ。ルカが目を見開く。ゴダートの体がゆっくりと崩れ落ち、目の前で倒れた。


「今のうちに『ほんやくコンニャク』を食べておこう。カグヤ星人には言葉が通じないからね」

カグヤ星に向かう、ワープ航路の途中、コックピットに集合したみんなを前にドラえもんが言った。

食べたら、どんな言葉でも翻訳《ほんやく》されて話せるようになる『ほんやくコンニャク』。全員でよく噛んでもぐもぐ食べる。もちろん、ノビットにもらったおもちでの腹ごしらえも忘れない。

操縦席から、モゾの声がした。

「出口です！」

急いで全員、操縦席に向かう。ずっと同じ、時と距離のうねりを描く景色《けしき》が続いていたモニターが一変し、眩《まばゆ》い光に包まれる。船のスピードが上がる。弾丸《だんがん》が銃口《じゅうこう》を飛び出すように、のび太たちを乗せたドラバルーンがワープの出口を抜ける。

そのまま、一気に減速。

船が、見たことのない場所に飛び出す。

のび太たちも初めて目にする場所。赤茶けた大きな星——カグヤ星と、その脇の、欠けた『月』。

「これがカグヤ星……」

「本当に、『月』が欠けてるぜ……」

一同、固唾《かたず》をのんで、眼下に迫《せま》る星に見入る。

緑色に厚く垂れこめた雲。

植物の姿はほとんどなく、大地は長く雨を浴びていないように干からびている。海上には霧《きり》が立ち込め、地平線の向こうに、右端《はし》がぽっこりと欠けた『月』の姿が見える。

とても暗い星だった。

海の中に、古いビル群が沈んでいる。

海に没《ぼっ》したそれらの建物よりずっとみすぼらしい、廃墟《はいきょ》のような低い建物ばかりの街に、カグヤ星人らしき人々の姿が見えた。

街の中心に、一台の車がやってくる。荷台が開き、カグヤ星の兵士が姿を現した。

「今から食糧《しょくりょう》を配る！　一列に並べ！」

荷台から食糧の入ったコンテナが降ろされ始める。

車の前にはたちまち列が作られ、あたりはカグヤ星の住民の姿でいっぱいになった。皆、兵士たちと違《ちが》って武装していない。着古した様子の布の洋服に、防寒用の粗末《そまつ》なマントを羽織った姿だ。

空から光が差さないせいか、カグヤ星はとても寒かった。地面が冷たく、足先から底冷えするような冷気がつま先を刺《さ》す。風も強い。

「食べ物を、早くくれ！」

「私にも！」

一列だったはずの列はあっという間に広がって人があふれ、車のまわりを人々が取り囲む。投げるように渡される食糧は奪い合いに近い状態だ。ひどい争奪戦《そうだつせん》の輪の中に入れない親子連れが、身を寄せ合うようにして震えている。

「寒いよう……」

「こっちへおいで」

子どもをマントの中に引き入れ、食べ物がもらえずに母親が肩を落としている。食糧を無事にもらい終えた人々の方からも嘆《なげ》きの声が聞こえた。

「散々働かせて、これっぽっちかよ」

「どんどん少なくなってるな」

そのカグヤ星人たちの様子を、建物と建物の間の狭《せま》い路地から、のび太やドラえもんたちがそっとうかがっていた。ドラえもんがため息をつく。

「ルカの言った通り、食糧もエネルギーも不足してるんだ……」

「早く、ルカたちを見つけないと」

カグヤ星人たちは、月のルカたちのコロニーで見たホログラムのゴダール夫妻のように、顔にシンメトリーの特徴的な模様と、触角のような四本の小さな角があった。

のび太たちもまた、頭からフードをかぶり、マントを羽織る。顔に模様を描《か》き入れ、カグヤ星人に変装しながら街に潜《もぐ》り込んでいた。

「モゾ、ルカたちのいそうなところに案内してよ」

スネ夫が尋ねる。するとモゾがドラえもんのポケットから体を半分出した状態で、あっさり首を振った。

「ワタクシがカグヤ星にいたのは千年も前ですよ？　今の地理は存じません！」

「存じてよ！」「存じろよ！」

全員が呆《あき》れがちに言ったところで、「よし！」とジャイアンが拳を振り上げた。

「オレ様が聞いてきてやるよ！」

「えっ！　ちょっと、ジャイアン！」

一同が止める間もなく、さっさと配給の列の方へ走っていく。並んでいたカグヤ星人たちに、屈託《くったく》ない様子でジャイアンが「なあなあ！」と話しかけた。

「エスパルってどこにいるんだ!?」

ジャイアンのストレートな質問にドラえもんたちがあわてて飛びつき、その口を押《お》さえる。ごまかすように作り笑いを向けたところで、カグヤ星人の方から、「はあ〜？」という拍子抜《ひょうしぬ》けするような軽い声がもれた。

「エスパル？　そんなのいるわけないだろ。あんなの昔話に出てくるだけの生き物なんだから」

若いカグヤ星人がそう言うと、その横に並んでいた老人が「そうかの？」と首を傾げた。

「わしゃあ、いると思うが。確かに伝説上の存在かもしれんが、信じた方が夢があるじゃろ」

「まっ、もしいたとしてもどうせ普通《ふつう》の人間だろ。その点、ディアボロ様は違うぜ」

「ディアボロ⁉」

初めて聞く名前に、のび太たちがオウム返しに口にする。若いカグヤ星人が深く頷いた。

「ああ。なんたってあのお方は千年前からこの星を治める帝の血筋だからな」

「なぁにが、帝だよ！」

いきなり、後ろから声が割り込んでくる。見れば、カグヤ星人の女性が顔をしかめていた。赤ちゃんをあやしている。

「この星がこんなふうになっちまったのも、元はと言えばその帝が戦争を繰《く》り返したせいだろうよ」

「バカ、お前っ……」

他《ほか》のカグヤ星人たちが、びっくりしたように、「しっ！」と遮《さえぎ》る。兵士たちの耳を気にするように小声になった。

「そんなこと言えば、牢屋に入れられるぞ」

「構やしないよ。今の生活だって牢屋にいるみたいなもんなんだから！」

赤ちゃんをあやしながら、その口調がやるせなさそうになる。子どもを見つめ、ため息をついた。

「せめてゴダート様がこの星を治めてくだされば……」

その声に、さっきの老人も静かにため息をついた。

「ゴダート様はわしらのような者にも優しくしてくださる。あの方こそ、本当に偉いお方じゃ」

「ゴダート……」

のび太が名前を呟くと、「何にしろ」と、さっきのカグヤ星人の男性がのび太たちの背中ごしに、上空の一点を指さした。

「お偉い衆はみんな、あそこにいるぜ。ディアパレスにな」

街の遥《はる》か後方、地面から浮き上がるようにして、城のような建物が上空に浮かんでいた。街のあちこちから伸《の》びたケーブルにつながれている。ケーブルが少したわむその様子は、場違いにも、クリスマスか何かのパーティーで使う、壁《かべ》の飾《かざ》りつけのリボンのように見えた。その中央に、大きく機械的な花が咲《さ》いているように見える。

すべてが暗い色をしたカグヤ星の中で、ただひとつ、その城だけが不気味なまでに明るかった。


宙に咲く花のように、街の上に浮かぶディアパレス——。

その内部の暗い牢の中で、ゴダートが意識を取り戻す。

体がまだ痛む。自分が一瞬《いっしゅん》、どこにいるのかわからなかった。微かにうめき、身を起こすと、誰かが自分を覗《のぞ》き込んでいたことに気づいた。

頭から長い耳のようなセンサーが垂れた、小さなエスパル。

ゴダートを覗き込んでいたアルが、目が合ったことであわてたようにピョコピョコ、部屋の隅《すみ》に立つルカの元に走っていく。

「牢屋か……」

ディアボロから雷《かみなり》に打たれ、エスパルと同じ牢屋に入れられたのだ。そんなゴダートを見て、ルカが言った。

「囚《とら》われる方の気持ちが少しはわかった？」

皮肉たっぷりに言われた言葉に、ゴダートが素直に頭を下げた。

「すまない……。この星のために力を貸してほしかったんだが――。ざまぁないな」

もう少し威勢《いせい》のよい反応が返ってくると思ったルカは、自嘲《じちょう》気味なゴダートの声にわずかに戸惑《とまど》った。けれど、さらに言う。

「ボクたちは結局、争いの種にしかならないんだ！　どうしてそれがわからないの!?」

父も母も、だから、ルカたちを星の外に追いやったのだ。ルカの声が弱々しくなる。自分たちは邪魔者《じゃまもの》であり、見捨てられたのだという思いに激しく胸を掻《か》きむしられる。だから、帰ってくるべきでは、絶対になかったのに。

「ボクたちだって、好きでこんなふうに生まれたわけじゃないんだけどな。父さんと母さんも、ボクたちを作ったこと、後悔《こうかい》したのかも……」

思わず言ってしまうと、横で見ていたアルが心配そうに「ルカ兄たん……」と呟いた。月で暮らす間は、みんなのリーダーだから、と精一杯《せいいっぱい》繕《つくろ》っていられたはずだったのに、カグヤ星にきたことで気持ちが弱くなっていた。
すると——。

『違う!!』


強い声が、聞こえた。

ルカとアルの胸に、その声がはっきり届く。続けて聞こえる。

『私の先祖は、君たちの存在を誇《ほこ》りに思っていた。君たちと過ごせたことをただ幸せに思っていたんだ』

「今の……」

今のは、目の前のゴダートの声だった。ルカとアルが目を見開いて顔を見つめると、ゴダートが怪訝《けげん》そうに「何だ?」と尋ねた。

「ボクたち、心の声がたまに聞こえちゃうんだ」

これもまた、エーテルの力なのだと思う。滅多《めった》にないが、人の心が聞こえてしまう。

ゴダートが押し黙った。じっと考えるような間の後で、何かを観念したように、おもむろに呟いた。

「そうか」

ゴダートが自分の兜《かぶと》とマスクを脱《ぬ》ぐ。

素顔が、ルカたちの前に現れた。

その顔を見て、ルカがはっとなる。マスクの下の顔に、懐《なつ》かしい——もう二度と会うことがないと思っていた父・ゴダール博士の面影《おもかげ》があるように思えたのだ。

ゴダートが立ち上がり、甲冑《かっちゅう》の胸に手を入れる。中から小さな守り袋を取り出し、その中身を掌に載《の》せた。

それは、小さな玉だった。中に小さな光が灯《とも》っている。

「先祖代々、受《う》け継《つ》がれているものだ」

ゴダートがぎゅっと玉を握り締める。すると、玉の内側から光線が放たれた。光が牢の中央を照らし、宙にホログラムの映像が広がる。

わーい。

アハハハハハ——。

楽しそうな、幼い声。

すぐにわかった。

それは、千年前の、幸せだった頃の自分たちの姿だった。今よりもさらに幼い外見のルカとルナが、ゴダール夫妻に駆け寄っていく。

おいで、と母が手を伸ばし、ルナを抱き寄せ、膝《ひざ》に乗せる。

そおらっと父が腕を伸ばし、ルカを抱き上げる。

アルや、他のエスパルたちがそこに駆け寄ってくる。あー、ずるいよお。ボクも。わたしも。そんな声がしている。

――ルカの胸が、心が震えた。

無意識のうちに、ホログラムの映像に向けて足を踏み出し、近づいていた。すぐそこに、手を伸ばせば本当に父と母がいるようだった。同じくそれに見入っていたアルが、呆気に取られたように、ゴダートに尋ねる。

「お父さんとお母さんを知ってるの？」

「私はゴダール博士の子孫だ。先祖代々、君たちのことを伝え聞いてきた」

「伝え聞いてきたって……」

ゴダートがルカを見つめる。それから、アルや、隣《となり》や向かいの牢屋につかまっている他のエスパルたちに思いを馳《は》せるように、目を細めた。

「エーテルが出せるばかりに不自由な思いをさせたが、できることなら普通の子と同じように育ててあげたかった。エスパルは我《わ》が子同然だったと」

ルカの目の前で、ホログラムの博士と自分たちが微笑んでいる。それを見るだけでわかる。彼らがどれだけ、ルカたちエスパルのことを愛《いと》しく思っていたか。自分たちがどれだけ、父と母を愛していたか。

疑うことなどなかったのかもしれない。

見上げるうちに、ルカの目から涙があふれ、頰を伝った。

会えなくなってしまった父と母。ルカたちもずっと会いたかったけど、二人だって、きっとルカたちに会いたくてたまらなかったはずだ。自分たちは見捨てられたのではなかった。守るために、逃がしたのだ。

「父さん、母さん……」

ホログラムが光に溶《と》けて消える。

無言のままゴダートがルカに近づく。ホログラムの玉をその手に渡した。

「よければ君が持っていてくれ」

「いいの？」

「ああ。その方が彼らも喜ぶだろう」

服の袖《そで》で涙を拭《ふ》き、ルカが玉を見つめる。中にキラキラ、光の粒《つぶ》が燃えているような輝きが封《ふう》じ込められている。暗い牢の中で、その光が余計に輝いて見えた。

「それからもうひとつ、予言のことも聞いている」

ゴダートが真剣な顔つきになって、改めて、ルカを見た。

「予言?」

仲間の中で予言ができる能力があるのはアルだけだ。ルカとアルが顔を見合わせる。

ゴダートが言った。

「『千の時を経て、友と一緒に舞い戻らん。千のウサギが降り注ぎ、光の大地を取り戻さん』」

ゴダートが歌うように口にする。光を失った暗いカグヤ星の大地を、その心に思い描く。

「エスパルは伝説上の、架空《かくう》の生き物だと言う者も今は多い。実在したところで、我らと同じ普通の人間だったのだろう、と。永い年月を経たことで、エーテルの存在さえ、多くのカグヤ星人たちは幻《まぼろし》のものだったと思っている」

ゴダートの説明に、ルカが黙り込む。

「しかし、私は――」

ゴダートがアルとルカを、順番に見つめる。そして言った。

「この予言があったからこそ、君たちを探し続けたんだ」

◐

ディアパレスの下部——。

鉄壁《てっぺき》の守りを誇る要塞《ようさい》の下で、のび太たちは途方《とほう》に暮れていた。

「どこから入るんだ？　入り口がないぜ」

空に浮かび上がるディアパレスは、その真下にある塔までは行くことができても、その先の入り口がわからなかった。

どこを見ても、まず、ドアらしきものがない。見えるのはただ一枚の岩のように続く、切れ目のない城の底の部分だけ。ジャイアンの呟きに、スネ夫が肩をすくめた。

「ルカみたいに超能力《ちょうのうりょく》が使えたらなぁ〜。中の様子だってわかるかもしれないのに」

「そうだよ、ドラえもん。超能力が使える道具はないの？」

「あるにはあるけど……」

のび太に言われ、ドラえもんが気が進まない様子でポケットに手を入れる。取り出したのは——。

「『エスパーぼうし』！」

上に、手袋《てぶくろ》をした手のようなものがくっついた、不思議な帽子だ。ドラえもんが説明する。

「この帽子をかぶれば三つの超能力を使えるんだ。一つ目が透視《とうし》。遠く離れていたり、隠れているような、見えないものを見る能力。

二つ目が念力。手を触《ふ》れずにものを動かすことができるんだ。

三つ目が瞬間移動。姿を消して、同時に離れた別の場所に現れることができる能力」

「おもしろそう！　ボクにやらせて！」

のび太がすぐさま手を挙げる。

「いいけど……」と手渡《てわた》すドラえもんは、どこか気乗りしない様子だ。

「この道具は練習しないと使いこなせないんだよ」

「やってみなくちゃわからないじゃない。よーし、まずは透視だ！」

ディアパレスの上の壁を見上げ、のび太が深く念じる。

「見えろ見えろ、見えろ！　入り口、見えろ！　フヌヌヌ……」

すると――。その時だった。

話し声が近づいてくる。

「だから言ってんだろ。今日はぱあーっとお祝いだって」

「でもゴダート隊長来るかな?」

「オレが無理やりつれてくぜ！　何しろエスパルを見つけたんだ。文句ねえだろ！」

ゴダート隊の古参《こさん》の部下、クラブとキャンサーだ。

「誰か来る！」

声に気づいたドラえもんたちが、咄嗟に物陰《ものかげ》に隠れる。しかし、『エスパーぼうし』をかぶり、透視に夢中になっているのび太は気づかない。

「ああ、それにしても隊長、遅《お》せえなあ。どうしたんだろ……」

キャンサーが言い、顔を前に向ける。と——。

「おいっ！　あいつ、なんだ⁉」

二人の兵士がとうとうのび太に気づいた。

「ヌヌヌ、見えろ見えろ！」

「のび太くん……！」

「あのバカ……っ！」

夢中になったのび太には、物陰からみんなが囁《ささや》く声さえ耳に入らない。一生懸命《けんめい》、目を細め、壁を睨んで透視に集中だ。その甲斐《かい》あって、とうとうのび太の視界から、城壁の壁がうっすら、少しだけ取り除かれた。

「見えた！」

のび太が思わず両手を上げて喜んだ、その瞬間――。

チャッと、銃が突きつけられる音が耳のすぐ近くで聞こえた。

「動くな！」

「ウッヒャアア!!」

頬っぺたに突きつけられた冷たい銃の感覚に、状況《じょうきょう》をようやく察したのび太が飛び上がる。その顔を見たクラブとキャンサーが口々に叫ぶ。

「こいつ、エスパルと一緒にいたやつじゃ……」

「どうやってここまで来た!?」

「ね、ね、ね……」

突然の尋問《じんもん》にのび太はパニックだ。あわてて、指を上にあげ、闇雲《やみくも》に口走る。

「念力！」

その途端、なぜかのび太のズボンがズボッと脱げた。足首までずり落ちたズボンに、のび太が顔を赤らめ、「わ、わ、わ」とさらにパニックになる。緊迫《きんぱく》した状況にもかかわらず、「ちょっとタンマ！」とあわててズボンを引き上げる。

「こいつ……」

「できそこないのエスパルなんじゃ……」

「今度こそ～！」

のび太が気を取り直し、「フンッ！」と両手をクラブたちの方に向けて振り上げる。

すると――、今度はのび太だけではなく、二人の兵士を含《ふく》めた三人のズボンがズルっと、ずり落ち、全員がパンツ姿になる。

「アヒャー！」

「ダァーーーー！」

「ハレーーーー！」

声を上げる三人を見ながら、物陰のスネ夫が「何やってんの……」と呟く。ドラえもんとジャイアンも心配するのを通り越して呆れ顔だ。

「お前……。この、怒《おこ》ったぞ！」

「ふざけやがって！」

兵士たちがズボンを引き上げ、のび太に向けて改めて銃を構える。のび太は目を閉じた。絶体絶命！　あごを引き、肩にくっと力をこめる。そして叫んだ。

「瞬間移動！　ふんぬーー！」

髪を逆立て、つま先立ちになるのび太の頭の上で、ぼうしが光った。

ぱっと、のび太の姿が消える。――ただし、すり抜けるように、その場に服を残して。

クラブとキャンサーが呆気に取られている間に、のび太の体はディアパレスの内部に移動していた。裸《はだか》のまま宙にいきなり現れ、「あららら？　らららーーっ！」と叫びながら、勢いよく下に落ちる。

すると、のび太のお尻《しり》が建物の入り口となるエレベーターの上に落下した。振動《しんどう》を受けたエレベーターの床が、ボーン、と音を立てて光る。のび太の落下を合図にしたように、エレベーターが勢いよく起動する。

下にいるクラブとキャンサーのちょうど真上に、エレベーターが降りていく。

「えええーーーっ！」

上部から迫るエレベーターに気づき、二人の兵士が悲鳴を上げる。のび太を乗せたエレベーターがズズーン、と音を立てて、二人を押しつぶした。

「やったー！　入り口を見つけたぞー！」

裸のまま無邪気《むじゃき》に喜ぶのび太の姿を見て、一部始終を見ていたドラえもんが、物陰から顔を覗かせて頭をかく。

「ま、結果オーライということで……」

気絶したクラブとキャンサーを残し、のび太が服を拾って身にまとう。皆そろってエレベーターでディアパレス内に向かう。

目指すのは、この中につかまっているはずのルカたちだ。

のび太の頭の『エスパーぼうし』が、その手を矢印のように動かして道を示してくれる。

「こっちだ！」

「本当かなぁ……？」

「間違ってたらぶん殴《なぐ》るからな！」

スネ夫とジャイアンに言われながらも、ぼうしが示す方向へ、迷路のような廊下を進んでいく。ディアパレス内は、まるで昔話に出てくる平安時代のお屋敷のようだった。建物の中には広い庭や大きな池があり、まるでこの要塞がひとつの街か都市であるように感じられる。

ドラえもんたちは気づかなかった。

それらの建物の中、ひとつの屋根の上で、ぎょろりとまるで自分たちを監視《かんし》するような巨大《きょだい》な眼《め》が光ったことを。

帝の間のディアボロが呟く重々しい声が、玉座に響いた。

「ほう……。異物が入ってきおったか」

牢屋の中、俯くルカたちの元に、誰かが走ってくる足音が聞こえた。

一体なんだろう――？　そう思って、牢の中から、身を乗り出したルカとアルの目に、信じられないものが飛び込んできた。

「みんな！」

「助けに来たよ」

ドラえもん、のび太、ジャイアン、スネ夫――。

地球人のみんなが、走り寄ってくる。

「『通りぬけフープ』！」

ドラえもんが牢屋の壁にくっつけると、大喜びでアルがまずフープをくぐり抜けた。

涙目になりながら、ジャイアンにしがみつく。

「ジャイアン！」

「泣くなよ、アル。よく頑張《がんば》ったな！」

「のび太……」

フープをくぐり、ルカが出てくる。その目も涙で潤《うる》んでいた。

「まさか来てくれるなんて……」

「言っただろ？　友達《ともだち》だって」

二人が手を取り合い、感慨《かんがい》がそれ以上言葉にならずにいると、のび太のポケットからモゾが飛び出した。

「ルカっ！」と叫んで、ルカの肩の上の定位置に乗り上げ、胸を張る。

「ワタクシがご案内したんですよ、ワタクシが！」

「調子いいんだから……」

ドラえもんが呆れがちに言って、場の空気が和《なご》やかになる。

そんな一同の様子を見つめながら、はっと居住まいを正す者がいた。

「エスパルの友……」

ゴダートが呟く。その顔を見た途端、ドラえもんやのび太が飛び上がった。

「こいつ……！」

「月で襲《おそ》ってきたカグヤ星人！」

「待って！」

身構えるドラえもんたちに向け、ルカがゴダートをかばうように両手を広げる。

「ゴダートは騙《だま》されていただけなんだ！　彼は父さんと母さんの子孫で、ボクたちの味方だ。父さんたちから託《たく》されていたものを、ボクたちにくれたんだよ」

ルカがホログラムの玉を見せると、ドラえもんたちが戸惑うように互《たが》いに顔を見合わせる。ルカが説明する。

「アルが昔した予言があって、それを頼《たよ》りにボクたちのことを探していたらしいんだ。ボクたちはどうやら、千年の間にカグヤ星では伝説みたいに言われていたようなんだけど……」

――千の時を経て、友と一緒に舞い戻らん。千のウサギが降り注ぎ、光の大地を取り戻さん――

予言の言葉を聞いて、ドラえもんが考え込む。アルに尋ねた。

「どういう意味なの？」

「それが、アルにもわからないんだ」

ルカが答える。アルは申し訳なさそうに首を傾げるばかりだ。自分が予言をしたことさえ、覚えていないようだった。

「だけどさ」とジャイアンがぽりぽりと頭をかいた。

「〝友〟はいいとして、〝千のウサギ〟ってなんだ？」

「エスパルのことじゃない？」

「エスパルは十一人しかいないじゃない」

のび太が言うと、スネ夫が肩をすくめた。

「君たちが予言の通りのエスパルの友だというのなら――」

期待をこめた目でゴダートが口にした。

すると――突然、地響きのように低い声がした。

「予言の友なら、どうだというのだ？　ゴダート」

ゴダートの顔つきが険しくなる。この星の帝――ディアボロの声だと、その場の全員がわかった。一同に緊張《きんちょう》が走る。

まず飛び上がったのはジャイアンだった。

「やい！　オンボロ！　どこだ⁉　はるばる地球からやってきてやったんだ！　姿を見せろ！」

「オンボロじゃなくて、ディアボロね……」

スネ夫が小声で言い添《そ》える。

すると突如《とつじょ》、牢屋の上——柱と柱の間に巨大な目玉が出現した。その不気味な目をじっとりと細めながら、ディアボロの声が続ける。

「なるほど。貴様らは地球人というわけか。エスパルを連れ出そうとはこざかしい。我が力、思い知るがいい！」

屋根の一部がひび割れ、雷がドラえもんたちの頭上に光る。すんでのところでかわすが、足元にビリビリとした衝撃が走った。

「わあ！」

「やめろ！　彼らが予言の友なのだとしたら、この星に光が取り戻せるかもしれないんだ！」

「そんなもの、取り戻されてしまっては邪魔なのだよ。愚民《ぐみん》どもはただ、余に光やエネルギーを分けてほしいとひれ伏していればよい」

ゴダートの必死な叫びをあざ笑うようにディアボロが言う。ドラえもんが顔をゆがめる。

「なんてヤツだ！」

「こんにゃろ！」

ジャイアンが目玉に殴りかかろうとする。すると、ゴダートが手をかざし、ジャイアンを制した。

「あれは実体ではない。ディアボロは帝の間にいる！」

身を屈《かが》め、剣を抜く。「はっ！」という掛け声とともに、壁の目玉に切りつける。大きな衝撃とともに目玉が消える。ゴダートが振り返った。

「これからディアボロを倒しにいく。ヤツがいる限り、この星に未来はない！」

「だったらボクも！」

ルカがゴダートの前に歩み出る。その目の奥《おく》に、確かな決意が見えた。

「この星は、父さんと母さんが愛した星だから」

ゴダートが押し黙った。ルカの強い眼差《まなざ》しに気圧《けお》されるゴダートの耳に、さらなる声が聞こえた。

「ってことはボクたちもだね」

のび太の声だった。ルカとゴダートが振り向くと、のび太たち全員が、ひみつ道具の武器を手にしていた。のび太は、空気を固めて打つ『空気砲』。ジャイアンとスネ夫は強力な接着剤《せっちゃくざい》を撃つことができる『瞬間接着銃』。ドラえもんはどんなものでもひらりとかわせる『ひらりマント』を身に着けている。

「みんな……」

ルカの声に、みんな、微かに笑う。ドラえもんがアルに『通りぬけフープ』を託す。

「アルはここに残って、他のエスパルを助けてあげて」

「うん！」

「では、行くぞ！」

ゴダートの声を合図に、全員「おう！」と声を上げ、帝の間に向かう。

しかし、帝の衛士も黙ってはいなかった。

奥の通路から、次々、白装束に黒い烏帽子と頭巾の衛士たちがやってくる。足袋の足が床を滑るように素早く、こちらに向けて移動してくる。

「はっ！」

先頭のゴダートが軽い身のこなしで彼らをかわし、あっという間に衛士の懐に入る。剣が振られると、帝の衛士がその場に崩れ落ちた。

「すごい……」

ドラえもんたちが鮮《あざ》やかな剣さばきに見入っていると、背後からまたすり足のような音が聞こえた。振り返ると、新たな帝の衛士たちがやってきている。挟み撃ちだ。

無言で迫りくる衛士たちには、威圧感《いあつかん》があった。その手がこちらを一斉《いっせい》に向くと、雷の光が指先から放たれた。その光を、ドラえもんがみんなの先に立って、一度に受け止める。

「『ひらりマント』！」

マントにためた雷のビームを、翻《ひるがえ》して跳ね返す。その光を浴びた衛士たちがまとめて倒れ、沈黙《ちんもく》する。

「やるじゃん、ドラえもん！」

「だけど……、きりがないよ！」

帝の衛士が倒れたその向こうから、新たな、同じ装束の衛士たちがあっという間にやってくる。

ジャイアンが『瞬間接着銃』を構えた。みんなに言う。

「ここはオレとスネ夫が食い止める」

「えっ⁉」

驚くスネ夫にお構いなしにジャイアンが続ける。

「みんなは先に行ってくれ！」

「わかった！」

「頼《たの》んだよ！」

二人に後を託して走り出す一同の背に、ジャイアンの「撃ちまくれ！　スネ夫！」という声と、「ヤケっぱちだー!!」と叫ぶスネ夫の泣きそうな声が聞こえた。『瞬間接着銃』から接着剤が放たれる音が聞こえる。帝の衛士の行方《ゆくえ》を阻《はば》む。

◐

帝の玉座は、不自然なほど静まり返っていた。

「ディアボロは御簾の奥にいる！　油断するな！」

ゴダートに先導され、一同が大きな池にかけられた橋の先まで駆ける。寝殿造りの荘厳《そうごん》な間、橋の向こうに御簾が降りている。その後ろに広がるのは、まがまがしい、極彩色《ごくさいしき》の空だ。

「勝負だ、ディアボロ！　出てこい！」

御簾の前でゴダートが叫ぶ。すると、うっすら、御簾の向こうが光った。そこに鎮座するディアボロの姿が見える。

「威勢のいいことだな、ゴダート。よかろう。冥途《めいど》の土産《みやげ》に拝ませてやろう。――余の姿をな」

ディアボロが骨ばった右手をすっと上げると、ゆっくりと御簾が上がっていく。その下から、靄《もや》があふれてくる。靄がかかると同時に、不思議なことにディアボロの体がかき消えていく。姿が見えなくなっていく。

「！」

一同が、息をのんだ。

◐

一方、その頃。

ドラえもんたちを行かせたジャイアンとスネ夫は、倒しても倒しても湧《わ》き出るように現れてくる帝の衛士たちに悪戦苦闘《くとう》していた。

帝の衛士たちは感情がないかのように、倒されても悲鳴ひとつ上げず、ただ仲間が補充されてくる。

カチ、カチ、と引き金をひいても手ごたえがない。ジャイアンが「くそっ！」と悔しそうに呟いた。

「弾切《たまぎ》れかよ！　こうなったら……」

銃を捨て、手近にあった建物の、折れかけていた柱に手を伸ばす。力まかせにへし折り、「こんにゃろー！」と振り上げた。帝の衛士の首に、それがそのままめり込む。拍子抜けするくらいあっさりと、衛士の首が胴体《どうたい》から離れ、吹《ふ》き飛んだ。

「えっ⁉」

首が飛び、ゴロゴロとその場に転がる。首の付け根に、青い火花が散る。接続のコードが無数に見え、それがショートするようなジジジ、という音がしている。烏帽子と覆面の取れた顔がむき出しになる。バチバチ、と音が爆《は》ぜた。その顔は――。

「ロ、ロボット⁉」

スネ夫とジャイアンが呟く。首を失った状態にもかかわらず、帝の衛士が無言でジャイアンとスネ夫に手を伸ばす。その異様な光景に、二人が叫んだ。

「わあーーー！」

「人間じゃねえ！」

感情のない、人形のように冷徹《れいてつ》な動きで、帝の衛士が次々、ジャイアンとスネ夫に覆いかぶさっていく。二人の動きを完全に奪った。

御簾が上がり、現れたのは——機械。

巨大なコンピューターのような機械的な空間が、御簾の向こうに広がっている。まるで大きな乗り物のコックピットか何かのようだ。

そこにさっきまで見えていたはずのディアボロの姿はない。

「ディアボロがいない⁉」

姿を探し、あたりを見回す一同の耳に、すさまじい笑い声が轟《とどろ》いた。

ハハハハハハ、ハハハハハハハハハハ。

どこから聞こえているかわからない。それは、部屋全体から自分たちを包み込んでいるような、恐ろしい笑い声だった。

「どこだーー⁉」

橋の下の水がうねる。ブクブクと、何かが中にいるように。うねりはやがて大きな水のふくらみになって、水面が盛り上がっていく。水中から、巨大な球体が現れた。

「‼」

その姿を見て、一同が息をのんだ。

球体が上昇していく。その中に見えるのはディアボロ。しかし、そのディアボロの首から下がない。

「な、生首っ⁉」

「どういうことだ⁉」

のび太が腰《こし》を抜かしそうになりながら見上げる横で、ゴダートが啞然《あぜん》と目を見開いている。霧状の水があたりに散った。

ディアボロが高らかに宣言する。

「余は破壊を司《つかさど》る神。破壊こそ我が使命。神たる余に逆らおうなどと小癪《こしゃく》なこと。人間も、エスパルも、余に比べればなんと脆弱《ぜいじゃく》な生き物であることか。エーテルが余を動かすために使われることを光栄に思え」

その言葉に、ドラえもんの表情が一変する。はっとしたようにディアボロを見た。

「わかったぞ！　ディアボロの正体は人工知能を持った機械だったんだ。おそらく、千年前に作られたという破壊兵器そのもの……」

「ハーッハッハッハッハッハッハッハ！　よくぞ見破った。いかにもこの星の『月』を破壊したのは、余の御業《みわざ》じゃ」

「何ということだ……」

上昇《じょうしょう》していくディアボロの首を前に、ゴダートががっくりと膝をつく。

「我々はこんなものに、千年も支配されてきたというのか……」

「カグヤ星の人たちから、この星を奪ったのか‼」

ドラえもんが叫ぶ。その声をディアボロが一笑に付す。

「奪うとは笑止千万。余はカグヤ星人によって造られた。彼奴《きゃつ》らの想像力が破壊を生み出したのだ。――のう、エスパル？」

ディアボロの生首が、舌なめずりをするようにうっとりとルカを眺《なが》める。

「エスパルの力も同じこと。人間の欲が生み出したものだ」

ルカは黙って唇を噛んでいた。悔しい、悔しい、悔しい。だけど、あまりのことに言葉が出てこない。するとその時だった。

「違う！」というはっきりとした声が聞こえた。

ドラえもんがみんなの前に歩み出る。

「想像力は未来だ！　人への思いやりだ！　それをあきらめた時に、破壊が生まれるんだ！」

「ドラえもん……」

のび太とルカが、ドラえもんの背中を見つめる。すると、ディアボロの顔がかっと真っ赤な目を見開いた。

「黙れ！」

髪《かみ》が逆立ち、目の奥が怒りに燃えるように光る。

「エーテルは余の血だ！　肉だ！　供給を妨《さまた》げるものは何人《なんぴと》たりとも許さん！」

その声とともに、水中から、巨大なコードがうごめきながら出現する。何本ものコードがのび太たちに襲いかかる。先端《せんたん》がぱっくりとはさみのように割れたその姿は、大蛇《だいじゃ》が鎌首《かまくび》をもたげた時とそっくりだ。

一同が橋の上を飛び立つ。

『タケコプター』で逃げるのび太を、コードが狙う。どうにかかわそうと逃げまどうが、一本をかわした後で、別の一本が、バクリッとのび太の体を挟んだ。

「わー！」

「のび太くん！」

悲鳴を上げるのび太をドラえもんが見上げるが、そのドラえもんもすでに別のコードに挟まれて身動きが取れない。悔しそうにうめく。

「こいつはコンピューターだけが本体じゃない。このディアパレスそのものがこいつの本体なんだ。ここは、ディアボロの体の中みたいなものなんだ……」

飛べないゴダートを抱えて、ルカが逃げまどう。

「私にかまうな！　逃げるんだ！」

ゴダートが叫ぶが、その叫びもろとも、巨大なコードが二人を巻き取るように掠《かす》める。ルカとゴダートの体が搦めとられる。

コードの中で、青白く光っていたルカのエーテルの光が弱くなり、消えていく。

全員がつかまった。

「ワーッハッハッハッハッハッハッハッハッハッハッハッハッハッハ！」

尽《つ》きることのないディアボロの高い笑い声が、ディアパレス内に——そして、カグヤ星の空にこだまする。

垂れこめた分厚《ぶあつ》い雲の中に、その声が吸《す》い込まれていく。

interlude

月のウサギ王国。

ムービットたちの王国にあるノビットの家では、しずかちゃんがルナの足の手当てをしていた。

ルナの怪我は深く、こんな状態で自分たちを逃《に》がしてくれていたのかと思うと、申し訳なさと感謝で胸がいっぱいになる。けれど、その怪我も、『お医者さんカバン』の軟膏《なんこう》や包帯のおかげでだいぶよくなってきた。

眠《ねむ》るルナの投げ出された足に手を添え、傷の上のテープを剝《は》がす。

しずかちゃんがほっとしたように呟いた。

「さすがドラちゃんの道具ね。傷がほとんど治ってる」

上の階からは、トントン、カンカン、という音がさっきからずっとしていた。寝《ね》ているルナを置いて、しずかちゃんが階段を上っていくと、大げさに思えるほど大きなゴーグルをかけたノビットが、作業に夢中になっている。

「ノビットちゃん、何してるの？」

しずかちゃんの声にも気づかず、手元にある何かをジジジ、とコテで溶かしたり、かと思うと、ガンガンガン、と威勢のいい音を立ててトンカチで叩いたりしている。

その音に、しずかちゃんが思わず耳を押さえた。

「ノビットちゃんは、発明が好きなのね……」

やれやれと呟いてから、ふと、自分の胸の『異説クラブメンバーズバッジ』をしみじみと眺める。今は、『テキオー灯』を浴びているから、月にいても息はできる。しかし、このバッジがなければこのウサギ王国に来ることはできなかったのだ。

「それにしても不思議なバッジね。これがないと、ウサギ王国も、ムービットたちも見えなくなっちゃうなんて……」

バッジのない状態で見たら、この王国はどんなふうに見えるのだろう。深い考えなく、しずかちゃんが試しにバッジを外すと、あたりからパッと光が消えた。

星明かりだけの月面世界に視界がパッと切り替わる。

しかし――、ふと、右側に誰かの視線を感じた。見るものすべてが装いを変えた世界の中で、うっすらと光るものがある。

「えっ⁉」

しずかちゃんは、目を疑った。一輪の花を持ったノビットが、胸を張るようにして立っている。光は、その花からのものだ。

「ノビットちゃん？　あなただけ、どうして見えるの？」

大気がないから、月では音が通らない。ノビットが懸命に手を動かすと、パクパク開いた口からの「ノビビー、ノビビビビー！」という声なき声が聞こえるようだった。

ノビットが懸命に自分の胸を指さしている。そこに——バッジがあった。

一瞬、自分がつけているのと同じ、『異説クラブメンバーズバッジ』かと思う。けれど、何かが違う。

——マークだ。

しずかちゃんの胸についている異説のバッジはアルファベットの「e」に似たマークだけれど、ノビットの胸のものは「T」に似て見える。

「そのバッジは……」

しずかちゃんが、ジェスチャーを交え、頼んでみる。

「ノビットちゃん、バッジを外してみてくれる？」

手を上げて、ノビットがこっくりと頷く。胸のバッジを外した。

すると、その瞬間、パッとノビットの姿が視界から消えた。目の前からいなくなる。

「あべこべ……！」

しずかちゃんの口から、吐息《といき》がもれた。

——これじゃあべこべだよー！

のび太のメガネも、『スペースカート』も。ノビットの作るものは、いつでもあべこべ。みんなでそう言って笑い合った。

しずかちゃんが急いで元通り、バッジをつける。その途端、視界にウサギ王国が戻ってきた。さっきまでいたノビットの部屋のある世界に戻る。

音と光のある、異説のウサギ王国の世界で、しずかちゃんが茫然《ぼうぜん》としながら考える。

普段《ふだん》暮らしている、自分たちの世界は定説の世界。世の中で「これが正しい」とされたことの中で生きる定説の世界に、他の世界の可能性は入り込めない。……普通で、あれば。

だけど、もしその〝普通〟が覆《くつがえ》ったら？

バッジの力で、自分たちは今、定説の世界から、異説の世界に来ている。

だとしたら、そのあべこべは……。

しずかちゃんがはっと気づいた、その時だった。

ブーン、ブーン、ブーン、ブーン。

虫が羽を震わせるような、大きな振動音がする。

しずかちゃんがあわてて、ルナの眠る地下室へ戻る。階段を駆け下りる途中で、目を覚ましたらしいルナの必死な声が聞こえた。

「しずかさん！　『虫の知らせアラーム』が！」

その顔が真っ青だ。

「大変！」

しずかちゃんも叫ぶ。

ドラえもんが残していった、緊急の道具。

もし、みんなに何かがあった時には、ピンチを知らせるために鳴る。それが今、けたたましい勢いで鳴っている。

しずかちゃんが両手を祈《いの》るように握り締める。ルナの元に駆け寄る。

「一体どうしたら――」

天を仰《あお》ぐように上を向いたその時――。

「そうだわ、ひょっとしたら……！」

ノビットの姿が、目に留まった。

ブーン、ブーン、ブーン……。

ピンチを知らせるアラームは、途切《とぎ》れることなく、鳴り続けている。

第五章　光の大地

ディアパレス処刑場《しょけいじょう》――。

ディアボロの首がホログラムで浮き上がった真っ黒いボールが、場の中央に鎮座している。ディアボロの人工知能を封じ込めたそのボールが、どうやら、ディアボロの本体とでもいうべきもののようだった。邪悪《じゃあく》な知能を持った、すべての元凶《げんきょう》。このディアパレスの中心、核《コア》。

まわりを蜘蛛《くも》の巣状のケーブルでつながれたボールの中で、老人の顔が愉快そうに歪《ゆが》む。

「光栄に思うがよい。貴様らの体を溶かし、余の一部にしてやろう」

「溶かす⁉」

ドラえもんたち地球人とゴダート、モゾは、今、処刑場上部につり下がった鳥かごのような檻《おり》の中に閉じ込められていた。

足元から、異様な音と熱を感じる。下を見ると、不自然にぼこぼこと音を立てている。煮《に》え立つ液体金属の池が、まるで自分たちを待ち構えるように広がっていた。

「冗談《じょうだん》じゃねえ！」

「機械なんて嫌だよー！」

ジャイアンとスネ夫が悲鳴を上げる。ドラえもんが叫んだ。

「エスパルたちをどこへやった⁉」

つかまっている牢の中に、ルカたちの姿はなかった。ディアボロがじっとりと、満足そうに目を細める。

「エスパル？　エスパルならここにいるぞ。余の血肉となりてな……」

ディアボロが処刑場の壁を見た。チューブやコードがたくさんつながれた機械的な壁——その壁の模様のように見えていた場所が、露《あら》わになる。表面を覆った黒い膜《まく》が晴れる。

その光景に、ドラえもんたちが驚愕の声を上げた。

「みんな……！」

「ルカ！」

「アル！」

模様に見えていたのは、透明《とうめい》な──まるで、棺《ひつぎ》のようなケースだった。

中にいるのは、意識を失ったエスパルたちだ。ケースの中で何本ものコードにつながれている。まるで、ホルマリン漬《づ》けの標本のようだった。つながれたコードが青白い輝きを放っている。

棺から伸びるたくさんのコードの中央にあるのが、ディアボロの知能を封じ込めた核《コア》ボールだった。まるで蜘蛛が自分の巣にかかった獲物《えもの》たちから養分を吸い上げているようだ。

その光景にたまらずドラえもんが叫んだ。

「みんなに何をしたんだ⁉」

ディアボロは答えない。エスパルたちから伸びた青白いコードの輝きがディアボロの中に注がれる。身震いするような声がもれた。

「ああ……。千年ぶりのエーテルの味は格別だ」

老人だったディアボロの顔に変化があらわれる。肌《はだ》に色を取り戻し、皺《しわ》と髭《ひげ》が消え、目に力がみなぎっていく。

「若返ってる……！」

スネ夫が茫然とした声で呟く。ぎょっとするほどグロテスクな、恐ろしい光景だった。檻の鉄格子《てつごうし》をつかんで、ドラえもんが悔しそうに言う。

「ルカたちのエーテルを吸い取ってるんだ……」

「早く止めてよ！」

「よし！」

のび太が言い、ドラえもんがポケットに手を入れようとする。しかし――。その手に、スカッという軽い手ごたえが返ってきた。ドラえもんが驚く。

「ポケットが、ない！」

「ええ～!!」

「ハーッハッハッハッハ」

ディアボロの笑い声がこだまする。

「探しているのはこれか？」

核《コア》ボールの前にクリスタルのケースがせり出してくる。中に封じ込められているのは、『四次元ポケット』。その他に、さっきまでのび太たちが手にしていた『空気砲』や『ひらりマント』、ゴダートの剣もある。

たっぷりに笑う。

「いつの間に……」

歯がみするドラえもんの前で、ディアボロがその思いをもてあそぶように、余裕たっぷりに笑う。

「最後に何か言い残すことはないか？」

ゴダートが奥歯を噛み締めながらも、毅然《きぜん》と言い放つ。

「カグヤ星の人民が、いつか貴様を追い詰めるぞ！」

「同じ機械としてボクは恥《は》ずかしい！」

ドラえもんがジタバタと体全体を動かして叫ぶ。

「オンボロめ……。ボロボロにしてやりたかったぜ！」

「やだやだやだーっ！　オシシ仮面の最終回読んでないのに！」

ジャイアンが言い、のび太が泣き叫ぶと、その肩でモゾが「いいんですか⁉　ワタクシ、絶滅危惧種《ぜつめつきぐしゅ》ですよ⁉」とアピールする。

スネ夫が「ママーッ！」と叫んだところで、ディアボロの顔から笑みが消えた。

「時は満ちた……。ミカドロイドよ」

ディアボロが、下にいる自分の衛士に呼びかける。感情のない衛士たちは、ミカドロイドという名の、やはりロボットだったのだ。ディアボロが不敵に笑う。そして言った。

「殺《や》れいっ!!」

声を合図に、ミカドロイドが操作パネルに手を置く。ポーン、という軽い音がして煮えたぎる池の蓋《ふた》が完全に開き、のび太たちを乗せた檻が下降していく。

液体金属のぼこぼこという音が近づいてくる。

「ドラえもん、なんとかしてよ！」

「そんなこと言ったって！」

「もうダメだーっ！」

一同が絶望の声を上げる。その声と処刑を心底楽しむように、ディアボロが邪悪な笑みを浮かべた。

「エスパルたちよ。反逆者どもに別れを告げるがいい！　フハハハハハハハハ」

意識を失ったままのルカたちは答えない。鉄格子をつかんで、のび太が叫んだ。

「ルカーーーーっ！」

その時だった。

千の時を経て——

頭に直接語り掛けてくるような、声が聞こえた。

透明感のあるその声が、テレパシーなのだとすぐにわかった。のび太やドラえもんや――みんなの頭にその声が届く。

友と一緒に舞い戻らん

声の波動は、ディアボロにも聞こえたようだった。核《コア》ボールの中のディアボロの顔が初めて戸惑いを浮かべる。声の主を探して、その首が左右に動く。

声は、アルの囚われたケースからだった。


千のウサギが降り注ぎ、光の大地を取り戻さん

「アルっ!!」

アルの目が、ケースの中で見開かれていた。その表情は、これまで見てきたアルのものとは明らかに違う。普段の様子とはまったく違う目の色。顔。いつものアルの声

とも違う。——透《す》き通るような、美しい歌声のように聞こえる。

「予言！」

ドラえもんたちが叫ぶ。

すると、その時だった。ディアボロの前にあった、ドラえもんの『四次元ポケット』が突如、激しく光り出した。

「ぬっ⁉」

驚くディアボロの前で、ポケットを封じ込めたクリスタルケースが、光に耐えきれなくなったようにピキ、とひとつ、ひびを浮かべた。そのひとつを合図にしたように、徐々《じょじょ》に、ピキピキ、とひびが広がっていく。

クリスタルが砕《くだ》け散り、中からポケットが飛び出した。

そのまま落ちていくはずのポケットが、光の尾《お》を引いたまま、なぜかぐんぐん上昇を始める。天井《てんじょう》付近で旋回《せんかい》し、内側からモコモコと膨らんでいく。

モコモコモコモコ——。

パンパンに膨らんだポケットが、とうとう、花火のように、空で弾《はじ》けた。

光が道を作った。

ポケットから伸びた光は天のはしごのようだ。その光の道を滑り落ちるように、空から——千のウサギが降ってくる。

ピンク色の、のび太の作った月のウサギが。


「ムービット⁉」

のび太たちが叫んだ。

その瞬間、全員の耳に、アルの声が蘇った。予言の言葉。千のウサギが、雨のようにその場にバラバラと降り注ぐ。

千のウサギっていったい何なのか。今わかった。それは、のび太たちが作った、ムービット！

「ムームー！」

「ビービー！」

予言の言葉とともに現れたムービットたちは、頭に全員、小さなバッジをつけていた。おもちをつく時のような杵《きね》を手に、みなが一斉にディアパレス内を駆け回る。

「ノビビ～」

間延びした声が聞こえた。メガネをかけたノビットが檻に向けて駆け寄る——つもりが、足をすべらせ、真っ逆さまに落ちていく。

「ああっ！」

液体金属が煮え立つ中に落ちそうになる、その一歩手前で、ノビットがポケットからにんじんのようなものを取り出した。ノビットの発明、『ニンジンコプター』だ。十字になった葉っぱの部分が回転し、間一髪《かんいっぱつ》のところでノビットがそれにつかまって上昇してくる。

ポケットがまたムクムクと膨らむ。

現れたのは大きな鼻。次に覗いたのは、鋭い爪。——月の、ウサギ怪獣が中から現れる。

「ムガー!!」

「みんな！　助けに来たわよー！」

ウサギ怪獣の頭上に乗っているのは、しずかちゃんと、ルナだった。

ウサギ怪獣が飛び降りる。大きな足で、壁を使って跳躍《ちょうやく》。液体金属に向かって降りていくのび太たちの檻に抱きつき、振り子のように前後に揺《ゆ》り動かす。

その重みで檻を支える鎖が根本から引きちぎれ、ウサギ怪獣にキャッチされたまま、安全な床の上に着地する。

ウサギ怪獣が、いともたやすく檻の天井をねじ開けた。のび太たちが自由になる。

「しずかちゃん！」

「ルナちゃん！」

「どうやってムービットたちを……」

尋ねるドラえもんたちに、しずかちゃんが「『定説バッジ』よ！」と、ムービットたちの頭のバッジを示す。

「ノビットちゃんのあべこべの発明なの」

「定説ってことはつまり……」

「異説の世界から、定説の世界にみんながこられるの！　だからムービットたちも戦える！」

ドラえもんやのび太たちが『異説クラブメンバーズバッジ』で定説の世界から異説の世界へ行けたように、あべこべの『定説バッジ』では、その逆が可能になる。

ウサギ怪獣の胸につけられたバッジを、ドラえもんたちが見つめる。ムービットたちは異説の世界で作られた存在だ。だから、のび太たちのいる定説の世界では目に見えない存在だった。しかし、このバッジはどうやら、異説の世界の者たちが定説の世界に存在できるようにする効果があるらしい。

異説クラブメンバーズバッジが、のび太たちにとって月の世界の入り口になったように、定説バッジはムービットたちにとっての定説の世界への入り口になるのだ！

しずかちゃんとルナが、ウサギ怪獣の頭の上で立ち上がる。『ニンジンコプター』で飛ぶノビットもそこに加わった。異説の世界から来たウサギたちが、定説の世界でも動き回る。

ドラえもんたちが見上げるディアパレス内では、ムービットたちが、跳ね回り、飛び回り、ミカドロイドを次々、やっつけていた。

一匹《びき》一匹は小さくても、たくさんいれば、その持つ杵の力は絶大だ。パカポコ、パカポコ、繰り出される杵の一撃一撃に、ミカドロイドが頭を押さえてうずくまっている。

竹のシーソーで弾き飛ばされ、もちコンクリートを流し込まれ、大量のピッカリ筍《たけのこ》に足元を取られ――。ウサギ王国の文明の粋《すい》を集めた攻撃に、無数に現れていたように思われたミカドロイドが、徐々に数を減らしていく。

エーテルの光を纏《まと》ったルナが、空高く舞い上がり、腕を振り上げた。

手に強い光をためて、指先を折り曲げる。エーテルを解き放つ。

「みんな、目を覚まして！」

その途端、ルカやアル、エスパルたちを拘束《こうそく》していた棺のようなケースがすべて、粉々に吹き飛んだ。ガラスが割れ、中から、ルカたちが解放される。

「ううう……」

「ルカ！」

床に投げ出され、微かにうめく弟の元にルナが駆け寄る。ルカの目が姉を捉《とら》えた。

「ルナ！」

「よかった……」

姉と弟が手を取り立ち上がる姿を、ディアボロが忌々しげに睨みつける。苛立《いらだ》ちのまま、部下に命じる。

「何をしている！　エーテルミューターを使っ……」

命令を最後まで言い終わらないうちに、ディアボロの顔に何かが命中し、爆発する。

「！」

それが何か気づいたディアボロの顔が、盛大に歪む。ウサギ怪獣がエーテルミューターを手づかみで放り投げ、ディアボロの顔が浮かんだ核《コア》ボールに命中させたのだ。

「ムガビー！」

「おのれ……！」

「すんげえ……」

「すごいね……」

皆の活躍《かつやく》に圧倒《あっとう》され、のび太たちの口から思わず声が出る。ドラえもんが何もないおなかをみて、無念そうに呟いた。

「あとはボクのポケットがあれば……」

「ポケットはここですよ！」

モゾの声が聞こえた。一同が声の方向を見ると、いつの間にか、モゾが液体金属の蓋の上で真っ白い『四次元ポケット』を旗のように振り動かしている。

「モゾ！」

その様子を見て、それまで中央に鎮座《ちんざ》していたディアボロの核《コア》ボールが、ついに動き出した。

「そうはさせぬ！」

核《コア》ボールの周囲のコードが外れ、球体だけの姿になってモゾに迫る。雷のような光が、モゾに向けて放たれた。しかし、モゾが身をかわす方が一瞬速い。

「ワタクシの足の速さを――」

敵に怯《ひる》まず、心が折れていないモゾの力強い言葉に、一同から笑みがこぼれる。モゾの口癖のその先を、ドラえもんたち全員がそろって続ける。

「ご存じない、い！」

「ついでにこっちも！」

モゾが核《コア》ボールの前を通過する時、ゴダートの剣や『ひらりマント』、『空気砲』──のび太たちの武器を拾い上げ、一目散にこっちに戻ってくる。

「ありがとう！」

ドラえもんのおなかに、ぺたりとポケットがくっつく。『四次元ポケット』が戻った。みんなにひみつ道具を渡す。

「みんな、行くよ！」

ゴダートが剣を構える。

のび太が『空気砲』をはめる。

しずかちゃんが『スーパー手ぶくろ』をはめ、スネ夫が巨大な磁力《じりょく》を放つ、『吸い寄せ磁石《じしゃく》』を抱える。ジャイアンの手の中にあるのは、声を固める『コエカタマリン』だ。ノビットの上に、モゾが胸を張って立っている。

「反撃開始！」

『タケコプター』で、全員が飛び立つ。

ムービットたちに負けじと、ミカドロイドと闘う。ドラえもんが『ひらりマント』

で雷を跳ね返し、のび太が『空気砲』を「ドカン！」と命中させる。しずかちゃんが壁のパイプを『スーパー手ぶくろ』の怪力《かいりき》で引き剝《は》がし、ミカドロイドに向けて放り投げる。ミカドロイドが、キリキリと機械仕立ての音を立てて逃げまどう。

「すいすい吸い寄せ〜」

巨大な磁石を振り上げたスネ夫がミカドロイドに近づいていく。相手は機械だ。何体もまとめて強い磁力に引き寄せられ、互いにぶつかりあってガチン、と体が固まる。そのまま動けなくなる。

「ジャイアーン！」

「アル！　行くぞ」

「うん！」

『タケコプター』で飛びながら『コエカタマリン』を飲むジャイアンに、アルが駆け寄る。ジャイアンの背中に乗り、二人で「せーの」と声を合わせる。

「ボエボエボエボエボエーーーっ！」

「ポエポエポエポエポエーーーっ！」

ジャイアンの口からは、「ボエ」の声の塊《かたまり》が、アルの口からはエーテルの音波が飛び出す。その文字と音がミカドロイドたちの頭上に降りかかる。ミカドロイドたちがたまらず耳を押さえて逃げだそうとするが、波動に押しつぶされる。

一方、ゴダートは地上で剣を振るい、襲いかかるミカドロイドたちを撃退《げきたい》していた。斬《き》られたミカドロイドの背後から、左右同時に別のミカドロイドたちが迫る。キリキリキリ、距離を詰める耳障《みみざわ》りな音を打ち払《はら》うようにゴダートが二体の攻撃を剣で、ガキーン、と受け止める。

ギリギリギリギリ。二体からの力に押されて膝をつき、苦戦していたその時――。

ふいに剣から重さが消えた。二体のミカドロイドの体が青白い光に覆われ、左右に突然吹き飛ばされたのだ。

ルカとルナが、ゴダートを守るように、その前に降りてくる。

「手を！」

「ああ」

二人が振り向き、ゴダートに手を差し伸べる。その手を、ゴダートが固く握り返した。

一同の反撃に、ミカドロイドが次々機能を停止する中、ディアボロもまた、自らが劣勢《れっせい》であることを認めざるをえなかった。

「おのれ……。こうなったら一匹だけでも……」

　その目が不穏な輝きに歪む。左右に動かす瞳の動きが、ルナの姿の前に止まる。その目がかっと見開かれる。

「お前だ！」

「きゃあああーーーーっ！」

　ディアボロの顔を浮かべた核《コア》ボールから、コードが生き物のように蠢《うごめ》いて伸びる。ルナの体を攫《さら》う。

　ルカやのび太が気づいた。

「ルナーーっ！」

　ルカが叫ぶ。しかし、ルナの体は遥か上空にある。核《コア》ボールに捕らえられた後だった。

「フハハハハハハ！」

「ルカーーーーーっ！」

　ディアボロの笑い声と、ルナの助けを求める悲痛な叫びが響き渡る。処刑場の天井が開き、そこに核《コア》ボールが吸い込まれるように姿を消した。

「ルナちゃん！」

「ここはみんなにまかせてボクらは上に！」

ドラえもんの指示で、一同が天井の穴に向け、飛んでいく。ゴダートが地上から「頼んだぞ!」と皆を見送った。

〇

カグヤ星が、揺れていた。

聞こえるのは、これまでカグヤ星人たちが聞いたこともないほど大きな、激しい地響き。まるで大地が怒っているようだ。

「ディアパレスが……」

城が真《ま》っ赤《か》に光っている。その色もまた、初めて見るものだ。

何かが起きている。街のカグヤ星人たちがうろたえながら、互いに身を寄せ合う。

ディアパレスが身震《みぶる》いするように、また大きく揺れた。すると、城の側面の壁が轟《ごう》音《おん》を立てて崩れ始めた。大きな壁の一部が、カグヤ星人たちの街に落ちてくる。直撃《ちょくげき》を受けた家々が壊れ、砂煙《すなけむり》が上がった。

「大変だー!」

「逃げろー!」

ディアパレスと地上をつないでいたリボンのようなケーブルが不安定にうねり、引きちぎれる。ズドーン、というすさまじい落下音。衝撃とともに、人々が逃げまどう。

「どうなってるんだ⁉」

闇《やみ》に浮かぶ花のようだったディアパレスの上部が開いていく。花が完全に開花の時を迎えたように。その花が回りながら、城の上部が開いていく。白い煙と紫色《むらさきいろ》の柱が中から現れる。ゴゴゴゴゴ、という唸《うな》るような振動音が続いている。

現れたのは、――巨大な鬼《おに》の顔のような機械。

二本の角のような突起と、その真ん中に一つ目のようなくぼみ。その下に、牙《きば》の生えた口のような穴があいている。鬼の首の背後には、空を飛ぶための噴射口《ふんしゃこう》がついている。

欠けた月を背景に、その禍々《まがまが》しい姿が露わになる。意志を持った船のように、上空に飛び上がる。

ドラえもんたちもルカも、一同が唖然とその姿を見つめる。

「あれが破壊兵器……」

「あ！　ルナさんが中に！」

しずかちゃんが兵器の上部を指さす。鬼の顔の額にあたる部分にステンドグラスの模様のような黒いクリスタルガラスがはまり、中にルナが囚われている。その手がチューブでつながれている。エーテルを吸い出され、兵器の燃料にされているのだ。顔が苦しげに歪んでいる。

「フハハハハハハハハハ」

暗い空に、ディアボロの笑い声が響いた。鬼の一つ目に見えた場所に、ディアボロの顔が映った核《コア》ボールがはまり込み、光っている。この場所が、開発された当初、もともと人工知能が埋《う》め込まれた本来の場所だったのだろう。そこから球体だけの姿になって動き回り、カグヤ星を支配していたのだ。

「もはやこんな死にかけた星に用はない。次は、かの星を支配してくれるわ！」

「かの星って……？」

「地球だよ！」

「ええーーっ！」

のび太の呟きに、ルカが即座に返事する。破壊兵器が向きを変える。どうやら本当に地球を目指す気だ！

「させるか！」

「ルナちゃーん！」

全員で、破壊兵器の元に急ぐ。しかし、ゴォーッという、すさまじい風圧がのび太たちを正面から襲う。兵器からの噴射による気流が激しく、先に進めない。

「わあーー！」

「きゃー！」

「『タケコプター』じゃ追いつけない！」

一同がディアパレスの屋上に投げ出される。風圧に目を細めながら、のび太が立ち上がった。あきらめずに、暗い空に消えていこうとする破壊兵器に向け、『空気砲』を構える。

「ドカーン！」

ドン、と勢いよく空気弾が飛び出す。風に逆らって核《コア》ボールの方向にまで届くが、ボフッという軽い音を立てて、衝撃が消えた。ディアボロが愉快そうに笑う。

「無力よのう……。痛くもかゆくもないわ。フハハハハハハ」

欠けた『月』をバックに、破壊兵器が遠ざかっていく。その先にあるのは、緑色に厚く垂れこめた雲だ。焦《あせ》りとともにスネ夫とジャイアンが呟く。

「雲に隠れられたらおしまいだよ！」

「なんとかしろよ！　ドラえもん！」

「そんなこと言ったって！」

ポケットの中から使えそうなものを探すが、出てくるのは何の役にも立たなそうなものばかりだ。

「さらばだ、愚民ども！」

勝利を確信したディアボロが雲の中へ姿を消そうとした、その時。

破壊兵器が急に失速する。突然、それ以上進めなくなる。

「ぬうっ！　なぜ動かん⁉」

「あの光は！」

アルが気づいて叫ぶ。破壊兵器が青白い光の筋にひっぱられ、動きを止められている。振り返ると、背後の空高くにエスパルたちが飛んでいた。エスパル八人が懸命に、エーテルを放出し、破壊兵器を足止めしているのだ。

「ルナ姉ちゃん……」

「行かせない……！」

「みんな‼」

ルカが拳を握り締める。ディアボロが激しく顔をしかめた。

「小癪な！　こうなったらカグヤ星もろとも消してくれるわ！」

破壊兵器が、かつて『月』を吹き飛ばしたのと同じ力を内部に蓄《たくわ》え始める。地上に向けて攻撃するつもりだ。兵器の表面に、生き物の血管のような赤い光の筋が走っていく。

その力は、ルナのエーテルを奪うことで発生するものだ。エーテルを吸い取られたルナが苦しげに身をよじる。悲鳴を上げた。

「きゃあああああああーーっ！」

「ルナ！」

兵器の側面についた二本の角に、力がたまっていく。あそこから攻撃されたら、カグヤ星ものび太たちもひとたまりもないだろう。

「もう一発……」

のび太がもう一度『空気砲』を構える。破壊兵器は半分が雲に隠れ、もうディアボロの核《コア》ボール本体は狙《ねら》えない。だけどそれでも――。

前を向くのび太に、ドラえもんが首を振った。

「空気の弾じゃダメだ！　もっと、なんかこう硬《かた》いものじゃないと……」

「なんかって何さ!?」

「だから、ええと……」

思いつかず頭を抱えるドラえもんに、「ノビビー」とノビットが駆け寄ってくる。

見ると、背後にモゾがいた。ノビットに引き立てられたモゾが、力強い腕組みをしている。頼《たの》もしく、きりっと前を向き、言った。

「ワタクシの甲羅が、宇宙一硬いのをご存じない？」

モゾが背中を向ける。甲羅がダイヤモンドのようにキラリと光った。ドラえもんとのび太が顔を見合わせる。

破壊兵器の角は、もはや、真っ赤に満たされていた。

エネルギーのチャージが終わり、角と角の間に力のスパークが発生する。パチパチ、とその光が砲撃に備えている。エーテルの光が膜のように広がり、二本の角の間に発射口が開く。

発射口の下、ディアボロが目を血走らせて叫んだ。

「死ねえぇ！」

その声と一緒に、ルナがひときわ激しく苦しむ。つながれた手が鋭い痛みに焼かれ、体がちぎれそうに思える。

「あああああ！」

悶え苦しむ姉の声が、下にいるルカの耳に届いた。

「ルナーーーっ!!」

ルカが叫んだ。

届かないことはわかっても、力の限り、エーテルを必死に放出する。ルナを引き止めたくて、全力で叫ぶ。

すると、突然《とつぜん》――。

ルカのジャンパーの、ポケットが光った。ルカが全身から放ったエーテルを受け止め、青白い光をまとった玉が、ポケットからふわりと舞い上がった。

ゴダートに託された、ルカの両親から受け継がれた、玉。

自らの意志を持つように舞い上がり、玉が空中で渦《うず》を巻く。エーテルの光を、その中にさらにさらに吸い込むように。玉の中の光が燃える。光の粒が急速に増えていく。

輝きを放つ玉が、宙で粉々に砕ける。光の粒子《りゅうし》が無数に飛び出した。

光の粒子は柱となり、ディアパレスの上部からまっすぐ雲の方向に伸びていく。光の道のようになる。

突き刺さった光の柱を中心に、雲が大きく揺らめく。雲に穴があいていく。キラキラキラ、光の柱と雲の穴が広がっていく。

大地に光が降りてくる。一面、さーっと、あたたかな、光の絨毯《じゅうたん》が広がるように。

破壊兵器を包む雲が晴れた。光の粒子が降り注ぎ、まわりの雲を一掃《いっそう》していく。

「なんだ⁉　この光は⁉」

ディアボロが叫ぶ。兵器の中に囚われたルナにも、その光が感じられた。俯いていたルナが呟く。

「あたたかい……」

ディアボロのいる核《コア》ボールの姿が、はっきりと露わになる。その一瞬の隙《すき》をついて、のび太が叫んだ。

「見えた！」

ルカを振り返る。

「ルカ、力を！」

「うん！」

ルカがのび太の肩に手を置く。のび太の体を通じて、エーテルが『空気砲』に伝えられていく。中でその瞬間を待ち構えるのはモゾだ。

全員で叫ぶ。

「行っけぇーーーーっ！」

「ドッカーーーーーン！」

のび太の声とともに、モゾ弾が飛び出す。撃った衝撃で、のび太の体が後ろに吹き飛びそうになる。その背中をルカがしっかり支える。

「カメェーーーー！」

雄《お》たけびを上げながら、モゾが空を突っ切る。兵器に向かうその途中に、手足を甲羅の中に引っ込めた。

屋上の端まで、全員で走る。モゾを応援《おうえん》する。

「お願い！」

「そこだー！」

「行けえー！」

「モゾーーっ！」

「ノビビビー！」

弾《はず》むような軌道《きどう》で、モゾ弾が破壊兵器に突っ込んでいく。兵器の中核《ちゅうかく》――ディアボロの核《コア》ボールへ。

「ぬうううう」

ディアボロは――、破壊兵器の人工知能は、初めて感じる自分の中の波動に戸惑っていた。これまでずっと、千年前に造られてから今日まで、一度として感じたことのない波動だった。

それは、恐ろしい、という感覚だ。

なんだ、これは――。

自分に向け、弾が飛んでくる。逃げられない。避《さ》けようがない。

私は死ぬのか――？


千年前、人間たちに造られ、人工知能で思考する力を与えられ――、ディアボロがまず思ったのは、人間とは、なんと愚《おろ》かな生き物なのかということだった。

その頃のカグヤ星は、いくつかの勢力が権力争いをしていた。ディアボロを生み出した権力者は、破壊の力を見せつけることで他の勢力を支配しようとしたのだ。

空に向けて、エーテルを使っての威嚇砲撃を命ぜられた。

肝心《かんじん》なのは力を見せつけることで、破壊ではなかった。しかし、ディアボロはそれを愚かだと考えた。相手を心《しん》から怯えさせ、支配するのに、必要なことはもっと他にある。

人間からの操作と命令に逆らい、『月』に狙いを定め直したのは、破壊兵器たるディアボロ自身の意志だった。破壊のためにプログラムされたのだから、当然のことだ。

エーテルを使った、ディアボロの最初の、破壊攻撃。

『月』の一部を吹き飛ばし、その欠片《かけら》が次々、カグヤ星の大地に降り注ぐ。

破壊兵器を操作した兵士も、開発した科学者も、開発を命じた権力者も、予期せぬ事態に混乱を極《きわ》めた表情で、自分たちが生み出したディアボロを見ていた。その顔に浮かんでいたもの――ああ、これが恐怖という感情か、とディアボロは満足した。

相手を恐怖させ、支配する。

その顔をさらなる恐怖に歪めてやろう――。お前たちでは手ぬるい。この私こそがこの星の王にふさわしい――。時の権力者の多くが、『月』を吹き飛ばしたことによる天変地異で散り散りになった。その混乱に乗じて、彼らが望んでいた権力を横取りするのはたやすいことだった。

人間どもと違って、恐怖は、自分には永遠に縁《えん》がないものだ。我こそが無敵だと、そう、思っていた。

しかし今――。

心の奥底から、人工知能の根源となる深い場所から、恐怖の感情が這《は》い上がってくる。ディアボロが、目を見開く。もう避けられない。

モゾ弾が、ディアボロの顔の中央に命中する。

ビシッと亀裂《きれつ》が走る。核《コア》ボールが破壊され、モゾ弾が破壊兵器を貫通《かんつう》する。

「やったーーーー!!」

のび太たちが歓声《かんせい》を上げる。

ビシ、ビシ、ビシ……！　核《コア》ボールの亀裂がみるみる広がっていく。ディアボロの目が、信じられないというように、見開かれる。

「まさか、この私が……。人間ごときに……」

顔が急速に老いていく。さっきまでの若さを失い、皺が刻まれ、肌が衰《おとろ》え、輪郭《りんかく》がやせ細っていく。

「ぎゃあああああああああああああ！」

断末魔《だんまつま》の叫びとともに、核《コア》ボールが爆発する。

破壊兵器全体から、赤い光が消えていく。壊滅状態へと追い込まれ、黒煙《こくえん》を上げながら、カグヤ星に落ちていく。

古代の文明が沈むのと同じ海の中に、破壊兵器が落下する。大きく激しい水しぶきがあがり、赤い光が完全に消え失《う》せた。

爆発の最中――。

ルナが囚われていた部分のクリスタルガラスが破裂《はれつ》し、ルナが放りだされる。エーテルを大量に吸い取られ、意識を失っているルナが、目を閉じたまま落下していく。

そこに駆けつける姿があった。

「ルナちゃーん！」

スネ夫だ。

スネ夫はずっと決めていた。月でルナに助けられ、だけど何もできなかったあの時から、次は絶対に助けるんだ、と決めていた。

絶対に受け止める！

手を伸ばし、ルナをキャッチするが、重みで腕がしびれ、体がよろよろしかける。

『スーパー手ぶくろ』、してくればよかった。

「こんの～～！　ぐううう～～！」

気合いで持ちこたえ、しっかりその体を支える。

「ルナちゃん！」

名前を呼び、顔を覗き込むと、ルナが意識を取り戻した。スネ夫の顔を見つめて喜ぶ。

「スネ夫さん！」

腕の中で、至近距離で見つめられると、胸がどきん、と跳ねあがり、スネ夫の顔が真っ赤になる。真っ赤になってルナを支えながら、思う。よかった、と。

——よかった。今度は助けられた。


もうひとつ——。

空でジタバタ暴れる小さな影があった。

核《コア》ボールを貫通した、宇宙一硬い甲羅の持ち主・モゾ。

「ひえええー！　ワタクシ、空は飛べませんよ！」

手足をバタバタしながら落下していくモゾを、こちらはピンク色の影が追いかける。

もうここまでか、と甲羅の中に体をしまったその時、『ニンジンコプター』で空を飛ぶノビットが、足でしっかりモゾをキャッチする。

「ノビビビ～！」

「ふう～。ウサギもなかなかやりますね」

ノビットに助けられ、モゾが安堵《あんど》しながら甲羅から顔を出す。腕組みしながら照れくさそうに、ため息をついた。

○

カグヤ星の大地が——輝いている。

破壊兵器が海に没し、混乱が収まった街の広場に、再び住民たちが集まってくる。驚きで、誰も皆、すぐには言葉が出ない。

最初に声を発したのは、子どもだ。

「明るい！」

以前は食べ物をもらえず震えていた親子連れの子どもが、まとったマントのフードから顔を出す。その声に、母親もフードを取る。生まれて初めて感じる、頭上からの光に目を細め、大地を踏みしめ、呟いた。

「あたたかいわ……」

戦いが終わった後のディアパレスの屋上に、ウサギ怪獣の背にまたがったゴダートが降り立つ。

地面が見える位置まで歩き、大きく——大きく息を吸い込んだ。今見ているものが信じられない。ゆっくりと、眼下に広がる自分の星を見渡す。どこまでも続く、その明るさと輝きを。

「光の大地だ……」

それはまさに、予言の通りの光景だった。破壊兵器とともに吹き飛ばされた雲の切れ間から、初めて見る陽光が差し込んでいる。荒《あ》れ果て、何も育たなかった大地にうっすらと息吹《いぶき》が感じられる。

ルカがゆっくりと右手を広げる。中には、ゴダートに託された玉の残骸《ざんがい》が、まだキラキラと輝いていた。不完全になったホログラムの映像が浮かんでいる。ジジジ、と動きがゆっくりになったゴダール夫妻と、それに抱きつくエスパルたちの映像。短い箇所《かしょ》が何度も何度も、同じ部分だけが途切れ途切れに小さく再生される。

「さっきの光は、一体……」

それがどうやら自分のエーテルとこの玉が引き起こしたものらしいとわかっても、ルカにもどうしてなのかわからなかった。

すると、下に広がる大地を見つめていたのび太が、おもむろに「ねえ！」と声を張り上げた。

「これ、『ピッカリゴケ』に似てない？」

さっき、光が広がる光景を見た時に思ったことだった。こんなふうな光の広がり方を、前にも見たことがある。

月の裏に最初にウサギ王国を作ろうとした時だ。ドラえもんが『ピッカリゴケ』を撒《ま》くと、散らばった光の帯が、あっという間に地面から谷、丘を越えて地平線まで広がって、昼のように明るくなった。

少し撒くだけで岩にくっついて増えて広がり、日光と同じ働きをするコケ。どんな場所でも繁殖《はんしょく》するし、春の地面みたいにあたたかい。そう、ドラえもんが説明していた。

「えっ！　どれどれ……」

のび太の言葉にドラえもんが虫メガネを出し、ルカの手の中の玉の破片を観察する。虫メガネに、光の粒が拡大される。

「本当だ！」とドラえもんが声を上げた。

「ボクのとは違うけど、これ、コケみたいな植物だよ。それがエーテルと反応して、爆発的に増殖《ぞうしょく》したんだ」

「どうしてそんなものが……」

砕け散った欠片を見つめながら、ルカが呟く。それを見て、のび太が言った。

「準備、したんじゃないかな？」

「え？」

のび太が微笑む。

「ゴダール博士たちは予言を聞いて、千年後にルカたちが戻ってくるって知ってたんでしょ？　だったら準備してたはずなんだ。ルカたちが帰ってきた時に、カグヤ星が光を取り戻せるように」

のび太が明るくなった空を見上げる。少し風が出てきて、のび太の前髪が風にそよいだ。

ルカが説明してくれたことだ。ルカたちエスパルは、植物にエーテルの力を注いで活性化できる。コケの光る地表に風が吹くと、金色に大地が光った。ルカと最初に会った日の、裏山のススキ野原みたいに。

「準備……」

ルカが呟く。手の中の欠片を――、壊れかけた映像の中の両親の顔を見つめる。懐かしい、二人の顔を。

生物学者だった、父と母。この星の環境が破壊されたことを誰よりも気に病み、責任感に駆られていた二人は、捕らえられてからも研究を続けていたのかもしれない。手に光の粒を握りしめると、あたたかい、記憶の残滓《ざんし》が流れ込んでくるようだった。

一瞬だけ、光景が見えた。その一瞬に、彼らの思いと日々が流れる。暗く寂しい牢の隅で、コケやキノコのような小さな生き物があることを発見し、それを手に取る二人……。協力してくれる親切な兵士の助けを借りて、研究を重ね、あきらめずに、光るコケを生み出す。そのあたたかな光に二人が目を細める。母のしていたペンダントの玉に、そのコケを封じ込める。エーテルに反応して増殖する光。その光がいつかこの星を照らす可能性に、すべてをかける。最後の最後まで、あきらめずに……。

この発明を、ルカたちがきっと受け継ぐだろうと、信じて。

――ルカたちの帰りを待っていたのだ。

手の中の欠片を握り締めた。今の一瞬に感じた思い、見えたと思った光景。父と母は、自分を待って、ちゃんと準備しておいてくれた。

微笑むと、涙が出そうになった。

「のび太のおやつと一緒だね」

「えっ？」

のび太の家を最初に訪《おとず》れた時、のび太の帰りを待って、のび太のママがおやつを用意していた。あの時――本当は、とても、とてもうらやましかった。帰りを待っていてくれる人のいる、のび太のことが。

するとその時だった。

ゴダートが一歩、ルカに向けて、歩みだした。

「ルカ。よかったら、この星で我々と一緒に暮らさないか？」

申し出に、ドラえもんとのび太が一瞬の間の後で、笑顔になった。ルカの背後で顔を見合わせる。

ルカもまた驚いていた。そう申し出るゴダートの顔に、やはり両親の面影が見える。

――そのまま、ルカは考えた。考えて、考えて、考えた。

そして――。

顔を上げた。

「ありがとう」

礼を言う。けれどその後で、ゆっくりと首を振った。

「でも、ボクたちのことは、このまま伝説にしておいて」

「そうか……」

ルカの答えに、ゴダートが寂しげに頷いた。

残念だが無理もない、とゴダートは思っていた。ルカたちはカグヤ星では相当に窮《きゅう》屈《くっ》な思いをしてきたはずだ。エーテルの力がある限り、いつまた誰に狙われるかわからないと考えたのだろう、と、気持ちを察する。

ゴダートが穏《おだ》やかな微笑みを浮かべる。ルカの意志を尊重することにした。

「わかった……。しかし、伝説にするとしたら、他にもエスパルを見てしまったものが……」

部下たちのことを思いながら言うと、ちょうどそこに、カートに乗った部下たちが飛んできた。

「隊長～！」

「隊長～！　探しましたぜ～！」

クラブとキャンサーのコンビだ。この混乱の中、ずっと上官であるゴダートのことを探していたのだ。

「すごい爆発でしたね」

「いったいどうなってるんですか？」

わけがわからない、といった様子で、上空からカートで降りてくる。その姿を見て、ドラえもんがひらめいた。ゴダートに言う。

「ボクにまかせて！　ルカ、ちょっとエーテルをお願い」

ドラえもんが取り出したのは、ひみつ道具の『わすれろ草』だった。その匂いを嗅《か》ぐと、どんなことでもわすれてしまう花。その植物にルカのエーテルを当てて、活性化させる。

『わすれろ草』は、使った後ですぐに思い出してしまうことも多いけど、この強力版ならきっと……。

「兵隊のみなさーーん！　ちょっとこちらへ」

「なんだ？　なんだ？」

やってきたクラブとキャンサーの鼻先で、青白く光った『わすれろ草強力版』を振る。ポワワーン、と匂《にお》いが薫《かお》り立つ。ドラえもんが言う。

「エスパルは伝説上の生き物で、本当はただの人間」

二人に新しい記憶《きおく》を吹き込むと、匂いを嗅いだ二人の目がとろんとする。そのまま、勢いよく「はーい！」と声を上げた。

「エスパルはいなーい。ただの人間〜」

踊《おど》るようにふにゃふにゃ言って繰り返す二人を、ドラえもんが「ふふっ」と見つめる。ゴダートやルカに説明する。

「この草の匂いを嗅がせれば、エスパルを見た記憶が消せるよ」

「そうか……。では、他の部下たちにも使うとしよう。その後で私も……」

ゴダートが少し寂《さび》しそうに草を自分の顔の前に持っていく。すると――。

「待って！」

その手を、ルカが止めた。切実な表情で、ゴダートを見つめる。

「あなただけは、ボクたちのことを覚えていて。そしていつか、豊かになったカグヤ星をボクらに見せてよ」

その言葉に、ゴダートがはっと目を瞬《しばたた》いた。唇を噛み締める。草を握り締めたまま、目を伏せ、それから、顔を上げた。その瞳が微かに潤んでいる。

「……感謝する」

拳を胸に当てる。カグヤ星式の敬礼だ。

ルカやのび太たち――その場の全員を見つめて、誓う。

「君たちからの信頼《しんらい》に、私もこたえよう。信頼と、そして、友情に」

全員の顔から、輝くような笑みがこぼれた。

ディアパレスの上部から、ゴダートが手を振る。いつまでもいつまでも、エスパルと地球人の、友の姿を見送る。

ドラバルーンが飛び立つ。

下に見えるカグヤ星は、最初に来た時と同じ色は、もはやしていない。欠けた『月』の前に、新しい芽吹《めぶ》きの黄色と緑色が広がる。ほのかに明るい、新しいカグヤ星が光って、一同を送り出す。

○

「つまりね」

ドラバルーンの宇宙船の中で、しずかちゃんが説明する。その腕の中にいるのはノビットだ。「ノビビ～」と嬉しそうに声を出している。

「『定説バッジ』は、ノビットちゃんのあべこべの発明なの」

しずかちゃんが、あの時、ノビットの家で気づいたのだ。

普段暮らしている、自分たちの世界は定説の世界。世の中で「これが正しい」とされたことの中で生きる定説の世界に、他の世界の可能性は入り込めない。普通で、あれば。

だけど、もしその〝普通〟が覆ったら？

バッジの力で、自分たちは今、定説の世界から、異説の世界に来ている。

だとしたら、そのあべこべは……。

「異説の世界から、定説の世界に行けるんだわ……！」

あの時、しずかちゃんはそう気づいた。


「『定説バッジ』かぁ……」

説明に、ドラえもんが呟く。

「異説の世界で作られたものは、本当なら定説の世界では見えない。だけどこのバッジは、異説の世界を定説の世界に固定する力があるみたいだ。まさか異説を定説にするバッジを発明するなんて……」

ドラえもんの声に、スネ夫が感心したようにノビットを見た。

「もしかしてノビット天才？」

「さすがボクに似てるだけある」

「もう、こんな時だけ！」

のび太が調子よく言う声に、ドラえもんがつっこむ。ジャイアンが「しっかし、どうでもいいけど……」と呟いた。

一同が叫ぶ。

「せまいーーーーーっ‼」

ムービットたちをぎゅうぎゅうに押し込んだドラバルーンの内部は、今や息をするのも苦しいほどだ。ムービットやエスパルたち、全員が詰め込まれ、ルカやルナが困ったような顔で笑っている。これで戻るしか方法がないとはいえ、あまりに狭い。

「苦しいね……」

「うん。狭い」

ルカとのび太が微笑み合う。窮屈だけど、それでも、なんだかちょっとおもしろくて、そして楽しかった。

天井にはりついていたウサギ怪獣が、その巨体の首を傾げて、「ムガビ?」と一鳴きする。

◯

月に帰る前に、地球に寄ってほしい、というのはルカのリクエストだった。

のび太と最初に出会った裏山のススキ野原。その側道で、ルカから、「お願いがある」と言われた。

「のび太たち、ボクと、もう一度かけっこしてよ！」

　木の枝で地面にコースを引く。

　しずかちゃんとドラえもんが号令係。

　スタートラインに並んだのは、ルカとのび太、ジャイアンとスネ夫、モゾだ。

「位置について！　よーい、どん！」

　スタートの合図を経て、一着でゴールテープを切ったのは俊足自慢《しゅんそくじまん》のモゾだ。意気揚々《ようよう》と声を上げる。

「どうですか⁉　ワタクシが一位です！　見てくれましたか？」

　振り返って言うが、誰も見ていず、ススキが豊かに穂《ほ》を揺らしているだけ。

「あれ？」

　呟く後ろから、次にジャイアンが、続いてスネ夫が「オレ、二番！」「ボク、三番！」とゴールする。

　最後まで争うのは、のび太とルカだった。

　転校初日のルカとはまったく違う。のび太もルカも苦しそうに歯を食いしばって、最後まで走っている。

「ルカが遅い！　どうして？」

「体が光ってない！　あいつ、エーテルを使ってないんだ」

スネ夫とジャイアンが言う。スタート地点のドラえもんが気づいた。

「ルカは、普段、月で生活していたから、重力が違うんだ。月の重力は、地球の六分の一。ルカにとっては、今、ものすごく体が重たいはず」

転校初日、エーテルでズルをしていた時の涼《すず》しげな顔はもうどこにもない。必死に前を向いたルカが懸命に腕を伸ばし、足を前に前に出して、全力で走る。だけど、のび太に届かない。のび太も本気だ。

二人でへとへとになりながら、のび太がゴール。それから、少し遅れてルカがゴールする。ゴールすると同時にその場に倒れ込む。

背中に地球の重力を感じながら、空を見上げる。真っ白い、太陽が見える。目を閉じても、瞼《まぶた》の裏に強い光の残像がある。その眩《まぶ》しさを瞳いっぱいに吸い込みながら、叫んだ。

「楽しい！」

ルカが手を投げ出して、大きく深呼吸する。土と草の匂いがする。

「すごく楽しい。自分の体で走って疲れて、苦しいけど、やっぱりいいね！」

地球から、月のウサギ王国に到着する。

その時になって、ルカから言われた。「もうひとつ、お願いがあるんだ」と。

「お願い？」

ルカの後ろに、ルナやアル、エスパルの仲間たちがいる。彼らひとりひとりの顔を見つめて頷き合ってから、ルカが言った。

「カグヤ星にも異説があった。それは、エスパルは伝説上の生き物で、本当はただの人間っていう説」

一同が——息をのんだ。

ルカの目が真剣だった。その後ろに立つ、他のエスパルたちも。

ルカはずっと考えていた。カグヤ星を離れてからの千年で、自分たちがそう語り継がれているらしい、と気づいてから、ずっと、今まで。

『異説クラブメンバーズバッジ』について、ドラえもんはこう説明していた。

——実現できるのはあくまで長い間信じられてきた「異説」だけなんだ。ずっと語ってきた人たちがいてこその「異説」なんだよ。

千年という長い歳月が、ルカたちを「異説」の存在にしてくれた。

ルカが言う。

「超能力のない、普通に年を取って死んでいく人間に、ボクたちはなりたい。ボクたちの異説を叶えてよ」


これが、自分たちを生み出した父と母に背《そむ》くことだとは、もう、エスパルの誰もが思わなかった。

千年の、月での孤独。

そこからののび太たちとの出会い。

カグヤ星に行ったことで、これまでずっと知りたかったことの答えが出たように思ったのだ。

——普通の子のように、生きられるようにしてあげたかった。

エスパルを我が子同然、と呼んでいた母の言葉に嘘《うそ》はなかった。父と母の「研究」は、カグヤ星に光を取り戻すことの他にも、本当はもうひとつ、あったのではないだろうか。

エスパルの永遠の命が、想像を絶するほどの孤独を意味することに、おそらく父も母も気づいていた。だからあの時――、「まだ研究は途中だったのに……」と言った後――、父は、本当はこう言っていたのだ。

――エスパ……たち、から……ルを……ように、して……。

――エスパルたちからエーテルをなくすようにしてあげたかった。

その思いが、意味が、今ならわかる。

「いいの⁉」

ジャイアンとスネ夫から、声が上がった。二人が口々に言う。

「超能力がなくなってもいいのかよ？」

「せっかくずっと生きられるのに？」

「一体どうして……」

しずかちゃんとのび太もまた、不思議そうにルカたちを見た。ルカが微笑む。

「確かにずっと生きられる。だけど、限られた力だから頑張るんだ。限りある命だから素晴らしいんだ。みんなに会えて、そう思った」

ウサギ王国の前に立つムービットたちを見つめる。これまで新しく家族を迎えることも、大きな変化もなく、ただ同じ場所で生きるために生きてきたことに、思いを馳せる。

「ムービットたちがそうしたように、月の裏のこの場所で、ボクらも自分たちの家族と世界を作りたい」

「……ドラえもん」

のび太がドラえもんを見た。ルカたちの気持ちが、よくわかった。ドラえもんが「うん」と頷いた。異説のマイクを取り出し、口に当てる。

「みんな準備はいい？」

バッジをつけたエスパルたちが少し緊張した面持《おもも》ちで、けれど、しっかり頷く。ドラえもんが言った。

「『エスパルは伝説上の生き物で』」

その続きを、のび太が受ける。

「『ボクらと同じ、人間』！」

声を吹《ふ》き込むと、アンテナが回転を始めた。見えない風を受けて、ぶおん、と揺れる。

ルカの胸のバッジが光る。

小さなつむじ風のような光が舞い上がり、ルカの頭の、ウサギ耳のセンサーを柔らかく包み込む。キラキラキラキラ、光がウサギ耳のまわりを回る。

ルナの頭の上にも。

アルのまわりにも。

エスパルたち全員を包み込む。

光が消えた時、全員の頭からウサギ耳のセンサーが消えていた。皆、満足そうに、嬉しそうに、微笑んでいた。

「ありがとう……」

皆を代表して、ルカがお礼を言う。のび太が「よかったぁ、ルカ」と無邪気に喜ぶ。その横で、ドラえもんがやけに神妙な顔をしていた。言いにくそうに、「のび太くん……」と口にする。

「どうしたの？」

尋ねるのび太の目を、ドラえもんがそうっと見つめる。

「ここからは、ルカたちの平和な暮らしが守られるよう、もう誰にも見つからないようにした方がいい」

「えっ！」

のび太の口から短い声がもれた。ジャイアンが尋ねる。

「どういうことだよ？」

「異説クラブは解散！　ボクたちがバッジを持ったままだと、地球の誰かがこの王国の存在に気づく日が来てしまうかもしれない。ルカが壊した月面探査機だって直ってしまうかもしれないし……。ボクたちはもうバッジを手放した方がいいってことだよ」

「ええ～！」

「もうみんなと会えなくなるの？」

「そんな～！」

しずかちゃんやスネ夫が寂しそうに言う。のび太ももちろん寂しい。ルカとの別れは悲しい。だけど――。

のび太が自分の胸のバッジを見つめる。

これはルカの新しい、旅立ちだ。

友達の決意を応援したい。

そう思い、静かに、そっと前を向き、ルカを見る。

ウサギ王国のゲートの前。

ムービットたちとエスパルたち、全員がのび太やドラえもんの前に立つ。見送ってくれる。

「歌の練習、続けろよ」

ジャイアンがアルに歩み寄り、身を屈めて、ビスケットを渡す。

地球から月に来る時、剛田商店の棚からアルにあげようと思って持ってきたものだ。

受け取ったアルが、涙ぐみながら、それでも笑顔になって顔を上げる。

「うん！」

その横で、ルナがスネ夫と握手をする。

「スネ夫さんのこと、忘れません」

そう言われ、スネ夫が「ボクだって〜〜!!」と噴水《ふんすい》のような涙を流す。

「さよなら、ノビットちゃん」

しずかちゃんがノビットを撫でると、ノビットも泣き顔で「ノビビ〜」と挨拶する。

その上から、ノビットよりも盛大に涙を流したウサギ怪獣が「ムガビビーー!!」と泣いて、しずかちゃんにすり寄る。

ドラえもんに向けて胸を張るのは、もちろんモゾだ。

「みんなにはワタクシがついているから大丈夫です！」

「フフフフ、頼んだよ」

おのおのが別れを惜しむ中、最後に、ルカがのび太の前に歩み出た。

「のび太……」

「ルカ……」

お別れの時が、もうすぐそこまで来ている。わかっているけど、そう思うと、逆に何を言ったらいいかわからなかった。

最後なんだから、明るくした方がいいよね——、そう思ってのび太が「楽しかったね」と言いかけた、その時だった。

のび太が言い終えないうちに、ふいに、ルカがのび太の首にぎゅっと抱きついた。

「友達になってくれて、ありがとう」

その声が、腕が、胸が、震えていた。悲しいだけの涙じゃないことは、のび太にもわかった。のび太が目を閉じた。ルカの手に、のび太が自分の手を重ねる。

目を開け、ルカの手をつかんで、向かい合う。

「大げさだなぁ。バッジがなくてもいつでも会えるよ」

ルカがきょとんとした顔でこっちを見る。のび太が笑った。

「だって、ボクたちには想像力があるんだから」

地球から月を見るたび、のび太はきっと、その向こうにいるルカのことを思う。月から地球を見るルカも、それはきっと同じだ。互いの星を見るたびに、思い出す。想像する。のび太とルカは、そのたびに会えるのだ。

のび太の言葉に、ルカがはっとなる。それから——笑った。とてもいい顔で。

「うん!」

「いつか、月の裏側にルカたちの王国ができた頃、地球ともまた行き来ができるようになるかもしれないね」

「ボクたちは超能力も失って普通の人間になるけど、のび太たちに何かがあったらきっと駆けつけるよ。——友達だから」

ルカが言った。のび太の目をしっかりと見つめながら。

「月から、ずっと見てる」

ドラバルーンが、最後の旅に出る。

月から地球へ。のび太たちの星へ。

お互いの姿が見えなくなるギリギリまで、ルカとのび太たちは手を振り合う。別れの言葉を口にする。

「元気でね！」

「のび太も！」

「さようなら〜!!」

いつか、月へ行くことが当たり前になるその日まで。

遠くなっていく友達の姿を前に、のび太が胸の中で、呟く。

その日まで、バイバイ、ルカ。


「さよなら、のび太」

姿が見えなくなってから、ルカが呟く。

ウサギ王国のドームが、あたたかな輝きを放ちながら、ひっそりと、月の裏側で光っている。

エピローグ

野比家の居間で、テレビのニュースが流れている。

アナウンサーの後ろに映る画像は――月。テロップには「特集・月面の奇跡」とある。

『数日前から途絶えていた月面探査機ナヨタケとの通信が、奇跡的に復旧しました』

アナウンサーの声にかぶさるようにして、奥からエプロンで手を拭くママがやってきて声をかけた。

「のび太～！」

今日も遅刻してしまう――。急《せ》かすように口にするが、家のどこからも返事がない。

「あら？」

テレビの前にも姿がなく、二階にも気配がない。ドラえもんの声もしないから、どうやら二人一緒に出て行ったようだ。

「もう出かけたのかしら？　やけに早く出てったわねえ……」

テレビの中で、復旧したという月面探査機からの映像が流れている。

荒涼とした、クレーターが続く月面世界。そこに、特別なものは何も映っていない。


裏山。ススキ野原近く。

紅葉の木の下に、深い穴があいている。ルカが乗ってきた宇宙船を隠していた、その跡地だ。

穴の中にあるのは、『異説クラブメンバーズバッジ』の入った箱と、マイク。

その穴を、のび太、ドラえもん、しずかちゃん、ジャイアン、スネ夫が覗き込んでいる。みんなランドセルを背負っている。学校に行く前に集合したのだ。

みんなが目を合わせる。頷き合う。

ジャイアンとスネ夫がスコップで、土をかけていく。

「月の裏側の秘密を守るんだ」

のび太が呟く。

埋めた土を上からスコップでさらに叩き固めると、どこが穴だったか、バッジを埋めた場所か、もうわからなくなった。

風が吹き、紅葉の葉っぱが頭上に流れた。

全員が空を眺める。

その空に見えているものに気がつき、――みんなが笑顔になった。

学校の方から、チャイムの音が聞こえてくる。

キーンコーンカーンコーン、というその音に、しずかちゃんが「大変、遅刻しちゃうわ！」とあわてて言う。

「急ごう！」

「おう！」

「ちょっと待ってよ～！」

口々に言いながら、みんなで裏山を駆け下りていく。


その頭上に、昼間の月が輝いている。

ルカの地球探査記

「ルカ、地上が近づいてきましたよ」

肩《かた》の上でモゾの声がして、ルカは窓の外を見る。

月から高速運転で地球を目指し、無事に大気圏《たいきけん》に入り、ようやく低速運転に切《き》り替《か》える。ポッド型の小さな宇宙船は、ルカたちが故郷のカグヤ星からこの太陽系にやってくる時に乗ってきた宇宙船にあった救命ポッドだ。

何年も――何十年も前から、ルカは実を言うと、この救命ポッドのことをずっと考えていた。一人乗りの小型の宇宙船。だけど、地球に行って戻《もど》ってくることくらいはできる。

手を伸《の》ばせば摑《つか》めそうなほど近くに見える、青く美しい星、地球。

仲間との月での暮らしに不満はない。けれど、ルカが地球に憧《あこが》れを持っていることを、姉のルナには気づかれていた。危険だ、と遠回しな言葉で忠告されたこともある。

けれど――、ルカは胸の衝動《しょうどう》を抑《おさ》えられなくなっていた。

ルカたちの暮らす月に地球人の作った月面探査機がやってきたのは、ついこの間のことだ。アルの姿が映りこみ、仕方なくルカが壊《こわ》してしまったけれど、同じようなことはこれからもきっとある。そろそろ地球人に自分たちの存在を明かすべきなのではないか。そう思ったのは事実だけど、本当は、もっと単純な理由で、ルカは地球に惹《ひ》かれていた。

千年前に行ったきりの地球が、今どうなっているのか観《み》たい。地球人たちがどんなふうに暮らしているのか、知りたい。

すぐに戻るから――と自分自身に言い訳してポッドにこっそり乗《の》り込《こ》もうとしたルカを、宇宙船の前でモゾが待っていた。

「まったく。ワタクシの勘《かん》の良さをご存じない。心配だから、一緒《いっしょ》について行ってあげましょう」

ひょっとすると、いつかルカが地球に行きたがったら一緒について行ってほしいと、ルナに頼《たの》まれていたのかもしれない。千年前にカグヤ星を出てくる時から、モゾは自分たちみんなの見守り役だ。

「あそこに降りよう」

地球の地表が見えて来た時の興奮と感動は言葉にならなかった。

千年前とはまるで様子が違《ちが》う。巨大なビル群、真っ赤な鉄塔《てっとう》、建物の間にたくさんの道路が張《は》り巡《めぐ》らされ、まるで都市を循環《じゅんかん》させる血液のようにたくさんの車が走っている。

——あまり人目につかないところに……。

着陸場所に選んだのは、住宅街の一角にある小高い山だった。周りの家々より少し大きな、四角い建物の裏にある山の上。てっぺんに大きな木が立っていて、目印になりそうだった。

地上に降りる。

ポッドの蓋《ふた》を開け、外に出る。目の前を、手のひらのような形をした葉っぱが一枚、ひらりと舞《ま》った。顔を上げると、同じ葉っぱをつけた木が大きく枝を広げていた。さわさわと、風に葉っぱがそよいでいる。

目を閉じて、息を吸い込む。エーテルの膜《まく》を体中にまとわなくても、息ができる。土、太陽、植物、水、どこかで誰《だれ》かが料理している食べ物……。さまざまな匂《にお》いが鼻を抜《ぬ》けて行った。

とうとう来た。

地球だ！

「ルカ、見つかっちゃいますよ」

「わかったよ」

モゾに言われて、宇宙船を裏山の地面の中に隠《かく》す。呪文《じゅもん》を唱えたらまた取り出せるようにした。

どこに行こう。あてがあるわけでは、当然なかった。それでも好奇心《こうきしん》が抑えられずに、山を下りていく。

キーンコーンカーンコーン、という大きな音が聞こえ、しばらくして、山の下に見える建物の中がたくさんの声でざわめき始めた。

その建物を横目に、ルカは歩く。

見るもの、触《ふ》れるもの、すべてが新鮮《しんせん》で、そして楽しい。

──生きている、というのは、色があるということなんだ。

月面の世界は、色がない。真っ白いレゴリスの輝《かがや》く地面と、光の作り出す陰影《いんえい》。そのコントラストは、美しいけれど、やはり生き物の気配がない世界だ。

だけど地球は違う。さまざまな色彩《しきさい》に溢《あふ》れている。空の青、木々の緑、土の茶色、太陽のオレンジがかった光。他《ほか》にも、地球人たちが作り出したたくさんの色の洪水《こうずい》だ！

「ルカ、危ないですよ。誰かに見られたら……」

「ちょっとぐらいなら大丈夫《だいじょうぶ》だよ。それより、しゃべるカメの方が地球じゃ珍《めずら》しいんじゃない？」

「ええっ⁉」

モゾがあわてて、ルカの袖口《そでぐち》に逃《に》げ込《こ》む。

自分たちエスパルの姿は地球人の子どもとよく似ている。だから、少しくらい見られても安心だろう。歩いていると、早速地球人とすれ違った。

ひさしぶりに見る地球人は、ルカが知っている千年前とは当然のことながら服や雰《ふん》囲気《いき》がだいぶ違った。大人の女の人たち、三人組。袋《ふくろ》を下げて、何か話していたようだった。

地球人だ！

なるべく堂々《どうどう》と――、と背筋を正して歩いていたら、中の一人が「あら？」と呟《つぶや》いた。

「あの子、どうしたのかしら？」

「仮装大会の練習なんじゃない？　服も変わってるし」

「でも、ガッコウは？」

袖口のモゾから、小さな声がした。

「ルカ、頭！」

はっとする。そうだ、地球人にはエーテルのセンサーがないんだった！

ルカは澄《す》ました顔をしながら通り過ぎる。でも、心の中は、ドキドキだった。仮装大会って何だろう、ガッコウって何だろう……。ああ、この服もそういえば地球人が着てるものとはずいぶん違う。

「ねえ、君」

背後から声がしたのはその時だった。ルカの背筋がぎくりと伸《の》びる。おそるおそる振《ふ》り返《かえ》ると、男の人が立っていた。その目がはっきりルカを見ている。

どう答えていいかわからず、黙《だま》ったままのルカに、彼《かれ》が近づいてくる。

「ちょっといいかな。君、小学生？　ごめんね、ぼく、芸能事務所のものなんだけど、そういう世界って興味ある？　それともその恰好《かっこう》って、もうどこかに所属して仕事してたりする？」

一気に言われて、頭の中がパニックになる。わけがわからないまま立《た》ち尽《つ》くしていると、その人がルカの顔を覗《のぞ》き込《こ》んだ。

「ねえ、君のお父さんかお母さんと話を――」

「ごめんなさい。ボク、もう行かなきゃ」

「え？」

「急いでるから」

「え、ちょっと君……！」

　走って、角を曲がる。地球人の姿が見えなくなってから、急いで、エーテルの力を身にまとって、飛んだ。下では、追いかけてきたあの男の人が、角を曲がったところで突然《とつぜん》消えたルカを、「あれ？　あれ？」と首を左右にきょろきょろさせて探している。

　その目から逃《のが》れるように、ルカは急いでその場から遠ざかった。

「ふう。びっくりした」

「ワタクシの方がもっとびっくりですよ。ルカ、気をつけてください」

「うん……」

　空からふわりとまた、地上に降りる。

　どこか隠れられるところは――と、ルカが顔を上げたところで、視線を感じた。ルカはそっちに顔を向ける。すると、目があった。ルカを見て、驚《おどろ》いたように目をまん丸にした、男の人と。

ルカと、袖の中のモゾが一緒に息をのむ。

見られた！

その人は、大人——みたいだけど、さっきの大人たちと比べると、何かがちょっと違う。ちょうど、子どもと大人の中間みたいで、大人だけど、完全な大人じゃないような気がした。上下ともに紺色《こんいろ》の服を着ていて、真ん中に一列、ボタンが並んでいる。

どうやってごまかそう、と思っていると、その人が言った。

「君、今、空から……。それに、その耳——」

その言葉に、ぎゅっとこぶしを握る。

「言わないで！」

咄嗟《とっさ》に声が出た。見られてしまった！　きっと大騒《おおさわ》ぎになる——と思っていると、その時、信じられないことが起きた。

その人の顔つきが変わった。驚きに目を見開いていたのが、落ち着いた、真剣《しんけん》な顔になる。そして——頷《うなず》いた。

「わかったよ」

「え？」

「何か事情があるんだね。わかった。誰にも言わないし、見なかったことにするよ」

「……驚かないの？」

これにはルカが驚いていた。だけど、その人が言う。

「まあ、ものすごく驚いてはいるけど。……魔美《まみ》くんだけじゃなかったのかって」

最後の言葉は、完全な独り言のようだった。ルカは言葉を失って、ただその人を見つめ返す。その人が、今度は心配そうな顔つきになってルカを見た。

「何か、困ってるの？」

「あんまり、目立ちたくなくて」

さっきの男の人から逃げてきたけど、いつまた見つかってしまうかと気が気じゃない。

その人がルカをしげしげと見つめる。頭のてっぺんから足先まで。それから何かを決意したようにまた小さく頷いた。

「ついてきてよ」とルカを誘《さそ》った。


「ええっと、どこだったかなぁ。確かこの辺に……」

つれて行ってくれたのは、その人の家のようだった。建物に入る前、門のようなところに地球の文字らしきものが書いてある。読めないけれど、目で見て、絵のように記憶する。

〝高畑〟とあった。

建物に一緒に入り、案内された部屋の奥《おく》、引き戸を開けて、その人がしゃがみ込み、何かを探す。やがて大きな箱を何箱か取り出し、開けて、それから――。

「あった！」

その人が、一つの箱の中から、何かを取り出す。広げられたのは、地球人の服だった。ただ、その人が着るにしてはサイズが小さい。

「ぼくの小学生の頃《ころ》のジャンパーとズボンなんだ。とっておいてよかった。よかったら着てみてよ」

言われるがまま、こくんと頷く。自分の服を脱《ぬ》いで着替《きが》える間、モゾがこそっと部屋の隅《すみ》に隠れる。ルカが着替え終えると戻ってきて、モゾが「ほお〜」と感心したような小さなため息をもらした。

服のサイズはちょうどよく、最初からルカのものだったかのように体にしっくりとなじんだ。

「それからこれも。子どもの頃、野球でかぶってたんだけど」

「え？」

その人が、前につばがついた帽子《ぼうし》を渡《わた》してくれる。かぶると、エーテルのセンサーがすっぽりと隠れる。ルカの姿が地球人の子どもと変わらないようになった。

「よかった。ぴったりだね。それ、あげるよ」

「どうしてこんなに親切にしてくれるの？」

「だって、困っていたんだろう？」

「そうだけど……不思議に思わないの？」

宙に浮《う》かんでいるところを見られたのだ。普通《ふつう》だったら、おかしく思っても仕方ないのに。けれど、思いつめた顔をするルカに、その人が困ったように言う。

「そりゃもちろん不思議だけど、でも何か事情があるんだろう？　君は悪い人には見えないし、それに……」

「それに？」

「普通の人にない力があるっていうことが、いいことばかりじゃないってことも、少しは想像がつくからさ。できてしまうことで、悩《なや》まなきゃならないこともきっとある。ぼくの友達《ともだち》なんかも、それで今苦労してる真っ最中で……。あっ」

その人がルカに語り掛けながら、部屋の床《ゆか》を見た。何かが落ちている。なんだろう。小さな小さな、丸くて、赤い玉のようだった。

「これ、何？」

視線の先を辿《たど》ってルカがつまみあげると、その人が答えた。

「ビーズ！　魔美くん、来てたのか」

「え？」

「なんでもないよ。ありがとう」

その人が静かに笑う。ルカがその小さな玉——ビーズを手渡すと、その人が机の引き出しを開けた。引き出しの中には小さなお皿のようなものがあって、ルカが渡したのと同じビーズがたくさん載っている。その人が自分の手の中のビーズをそこに加える。

見て、ピンときた。

「集めてるの？」

「え？　ああ。いつか、まとめて返そうと思って。部屋のあちこちにきっと散らばってるんだけど……」

「ちょっと待ってて」

ルカの頭の、エーテルのセンサーが反応する。

この人にだったら、見られても構わない。ルカも何かお礼がしたかった。

「えいっ！」

ルカが指先を青く光らせて天井に向けると、部屋のあちこちからビーズが舞い上がった。狭《せま》い物陰《ものかげ》や、カーペットと床の間にはまり込んだもの。空中で集めて、まとめて、引き出しの中のお皿に載せる。エーテルの青白い軌跡《きせき》が、光の筋を描《えが》いて、最後にお皿の上で光った。

「はい」

「……すごいや。君、本当にエスパーなんだね」

目を瞠《みは》ってルカを見ている。だけどそれも、特別なものを恐《おそ》れたりするような視線ではまったくなかった。その証拠《しょうこ》に、彼がすんなり「ありがとう」と言ってくれる。

「服と帽子で姿は隠れるけど、今の時間すぐに出ていくとやっぱり目立つと思うよ。昼間は普通、学校があるし」

「ガッコウ?」

「子どもは毎日、そこに通うんだけど」

その人がルカをチラリと見る。「ガッコウ」を知らないことにびっくりしたのかもしれない。

ルカは思い出す。宇宙船を隠したあたりで、大きな建物から鐘の音とざわめく声を聞いた。あの声は、そういえば子どものもののようだった。

「あなたはガッコウに行かないの？」

ちょうど、子どもと大人の間のような年に見えるから聞いてみると、彼が微笑《ほほえ》みながら首を振った。

「ぼくは今、テスト期間中なんだ。そういう時は帰れるんだよ」

「へえ」

カグヤ星にいた頃、エーテルの能力を試されるような課題をいくつかやった。テストというのは、きっとあれに似たことだろう。ルカは頷き、それから、躊躇《ためら》いがちに尋ねた。

「地球の人はみんな、あなたみたいに親切なの？」

無意識に「地球の人」と言ってしまったことに、口に出してから気づいた。これでは自分が地球の外から来たことを明かしたようなものだ。しかし、その人は軽く目を瞬《しばた》いただけで、すぐにゆっくり、穏《おだ》やかな顔で首を振った。

「そうとも限らないよ。みんな親切にしたいとは思ってるはずだけど、なかなかうまくいかないこともある。自分と違う存在のことは、最初はきっと怖《こわ》いからね。でもね、そうだな」

その人がのんびりとした口調で言った。

「学校に行ってみたら、ひょっとしたら、仲良くなれる子がいるかもね。君と同じ、子どもなら」

「子ども……」

ルカが呟く。そういえば、まだ、地球人の子どもを一人も見ていない。あれは「ガッコウ」というところに行っていたからなのか。

会えたらいいのにな、と考えると、ちょっとワクワクした。

「ありがとう」

窓を出て、宙にふわりと舞う。

助けてくれたその人に向けて、手を振る。ルカが空を飛んでも、その人はもう驚かない。

「こちらこそ助かったよ。気を付けてね」

手のひらに、ビーズでいっぱいになったお皿を載せている。それを見つめ、その人が嬉《うれ》しそうに笑った。

「これで友達に、ビーズを再利用してもらえるよ」

彼に見送られ、舞い上がると、夕方の空にはうっすら月が見えていた。

「地球人にもいい人がいるんですねえ、ルカ」

ずっと袖の中に隠れていたモゾが呟く。ルカも頷いた。

「うん！」

戻ったのは、最初に宇宙船を隠した、あの山の上だった。座って空を見上げると、夜と夕焼けが混ざり合うオレンジ色の空に、月の姿がはっきり見えた。

地球に舞い降りて最初に感じた——生きているのは色があるということだ、という感覚に、間違いはなかった。自分たちのいた、レゴリスの広がる月ですら、地球から見上げると、その多彩な色の一つになる。空で、こんなにも美しく輝いている。

月に見入っていた、その時だった。

「ねえ！」

声が聞こえた。自分に向けられた声だと、すぐにわかった。

ルカはゆっくり、声の方に顔を向ける。横に一面の、黄金色《こがねいろ》の野原が広がっていた。動物のしっぽのようなたくさんの穂《ほ》が、風に揺《ゆ》れる。

その中から、一人の地球人がこっちに手を上げ、呼びかけていた。

「キミもススキを取りに来たの？」

自分と同じくらいの背丈《せたけ》。今回地球に来て初めて見る、地球人の子ども。

——やっと会えた！　とルカが目を見開く。

ルカの、初めての〝友達〟。

野比《のび》のび太《た》との最初の出会い。

二人の冒険《ぼうけん》が、ここから始まる。

解説

瀬名秀明

──とても大好きだと思えるものがある、それって本当に大切なことなんだ。

辻村深月《つじむらみづき》さんの書いた『小説「映画ドラえもん のび太の月面探査記」』の何度目かの再読を終えて、やはりそうした想い《おも》が心から溢《あふ》れてくるのを感じています。

と、このように書き始めて気がつきました。なんだ、「とってもだいすき」、この言葉って、「ドラえもんのうた」のフレーズじゃないか。ドラえもんが好きな人ならきっと誰《だれ》もが知っている、あの青空のような〝正しさ〟を、辻村さんの小説は自然と思い出させてくれる、きちんと示してくれている──二〇一九年、辻村さんは映画ドラえもんのオリジナル脚本とその小説版の執筆出版という、それまで誰も為《な》したことのなかった大仕事を、最良のかたちで私たちに届けてくれました。本書は私たちにたくさんの意味で夢と希望を与えてくれるのですが、それ以上に私が本書を素晴らしいと思うのは、何かを心の底から大好きだという気持ちを決して忘れず大切に生きている限り、いつかその想いは叶《かな》うのだということを、私たちにまっすぐ伝えてくれる小説になっているということです。

だからこの『小説「映画ドラえもん のび太の月面探査記」』は、あなたにとって、ぼくらみんなにとって、奇跡のような小説だと思うのです。

辻村深月さんはみなさんもよくご存じ（！）の通り、二〇〇四年にメフィスト賞を受賞し『冷たい校舎の時は止まる』という長編小説でデビューしました。ちなみにペンネームの「辻」の字は、大好きな先輩作家の綾辻行人さんへのオマージュとのこと。「しんにょう」の点は綾辻さんと同じくふたつなので、書くときは注意。点がひとつだと、デビュー作のなかに登場する高校生のひとりとなります。

このように辻村さんはデビュー作で自らの作品に点がひとつ少ない「少し・不安定」な名前で入り込むことで、物語のなかに入りたい、お話のなかで生きたい、という夢とともに出発しました。ですが点がひとつ少ないことは、やはり物語内の自分と書いている自分は違う、自分は物語のなかに入りたいが、それでも物語を結末まで持ってゆく書き手としての自分もまた必要だ、と揺れ動く気持ちの表れだったのでしょう。その後、辻村さんは急速に作家として成長を遂げてゆくとともに、またひとりの人間として大きく羽ばたき、その人生は辻村さんの作品と共鳴し、一体となりながら、多くの読者へと届いてゆきました。

デビューして三作目に発表された『凍りのくじら』（二〇〇五）は、辻村さんにとって勝負作だったと思います。出版編集部からこのゲラが送られてきて拝読したとき、私は本当に驚きました。これは藤子・F・不二雄先生（以下、辻村さんの書き方に倣って藤子先生と呼びます。藤子不二雄Ⓐ先生は、Ⓐ先生です）の『ドラえもん』とその世界観を真っ正面から受け止め、それをテーマにした長編で、まさに心満たされる傑作でした。感動しながら何の打算もなく正直に傑作だと思いますという感想メールを編集部へ送り、このメールの一部は帯推薦文に使っていただくことになりました。それが私と辻村さんとの出会いです。

『凍りのくじら』に次のくだりがあります。主人公の高校生、理帆子《りほこ》の内面描写です。

みんな、藤子先生のこともドラえもんも、あまりに生活に身近だからきっとそこに「好き」とか「嫌い」とか、そういう概念を持ち込むことがお留守になってる。だけど、私は敢えて声に出して言うだけのことだ。ドラえもん、大好き。

「私、『ドラえもん』好きなんだ」
そう話すと、郁也《いくや》はふんふんと頷いていた。不思議なものを見つめる顔つきで。それは『こんな大きいお姉ちゃんが好きなんて変なの』という風にも読めたし『みんな好きに決まってるのに、わざわざそれを言うなんて不思議だな』という風にも読めた。（後略）

私が『小説版ドラえもん のび太と鉄人兵団』を二〇一一年に出版してからしばらくして、ある日一通のメールが届きました。読むとなんとそれは高校時代の同級生の女性で、『鉄人兵団』の小説を瀬名秀明という人が書いていることを知ったが、高校のとき同級生だった〇〇くんですよね。あのころ〇〇くんはドラえもんが好きだといっていて、私もドラえもんが好きだったので本当はそういいたかったのだけどいえなかった、とあってびっくりしました。メールには書かれてありませんでしたが、ウェブ検索するとその人は結婚し、アメリカで医学の教授として活躍していることを知りました。実はここだけの話、私はその人が高校生のとき密《ひそ》かに好きだったのです。こういうことってあるんだなあ、と感じ入りました。『凍りのくじら』が発表されたころも、「ドラえもんが好き」と人前でいう女性はまだとても少なかったのです。『凍りのくじら』の登場人物は、後の辻村作品にも出てくるのでぜひ探してみてください。辻村さんは雑誌《Pen+《ペンプラス》》二〇一二年の藤子先生特集号で、初の藤子プロ公認オリジナルドラえもん小説といえる「タマシイム・マシンの永遠」を書いた作家でもあります。現在は『家族シアター』（二〇一四）に収録されていますからぜひ読んでみてください。辻村さんの人生と重ね合わされた物語でもあり、親から子へ、という視点がここで導入されます。『ドラえもん』は本当に長い期間にわたって多くの人に愛されています。ぼくらは、私たちは、次の世代へと『ドラえもん』を手渡してゆくことになります。その視点がさらに発展して、本書『のび太の月面探査記』にも大切なかたちで盛り込まれているのがわかるでしょう。

辻村さんが最初に劇場でドラえもんを観《み》たのは小学校に上がる前の春、第七作『映画ドラえもん のび太と鉄人兵団』（一九八六）のことだったそうです。物心つくころからドラえもんに接し、その後もテレビやビデオで繰り返しドラえもんを観たと仰《おっしゃ》っています。私が『のび太と鉄人兵団』を出版したとき、辻村さんと対談する機会があり、重要な舞台のひとつ、新宿の高層ビルを前にふたり並んで写真を撮りました。雑誌には原作の設定通り、鏡に映った反転のかたちで掲載されました。その記事執筆を担当してくださった私と同世代の男性が、移動の際ふと漏らした言葉が印象的で憶《おぼ》えています。

「そうなんだよなあ。ぼくらの世代だと、物心つく前からドラえもんに接していた、ということがないんだよなあ」

気がついたらそこにはもうドラえもんがいた――辻村さんはそうした最初の世代の作家なのです。藤子先生の漫画のなかでは一度も「ひみつ道具」という言葉が使われておらず、そのため私の『鉄人兵団』でもあえてこの言葉は使っていないのですが、テレビ朝日のアニメ『ドラえもん』が始まってしばらく経《た》つと、もう「ひみつ道具」という言葉は私たちにとってふつうのものとなっていました。辻村さんはまさにその最初の世代で、その辻村さんが公式の映画ドラえもんの脚本と小説版を手がけたことに、私の世代は深い感銘を受けるのです。

　辻村さんは映画の実現から六年ほど前に一度、やはり映画ドラえもんの脚本執筆の打診を受けていたそうです。そのときはあまりに畏れ多いと辞退されたそうですが、その後も藤子プロは辻村さんとの関係を大切に育ててきました。そしてあるとき辻村さんが映画『新・のび太の大魔境～ペコと5人の探検隊～』（二〇一四）や『新・のび太の日本誕生』（二〇一六）を手がけた八鍬新之介《やくわしんのすけ》監督の同級生と知り合い、八鍬作品が好きだと伝えたことがきっかけとなって、作品が動き出したのだそうです。藤子先生の最後のチーフアシスタントを務められた漫画家のむぎわらしんたろうさんは、製作には直接参加しなかったものの、先生が亡くなった後も映画を引き継いできた頼もしい先輩として、脚本執筆や映画製作中は辻村さんの心の支えになったようです。

　舞台は「身近にあるけど、遠い場所」にしたいが、どこがよいだろう。月はまだ舞台になったことがない。何度か映画にならないかと考えたがうまくストーリーが広がらなかった、と事前に関係者から話もありましたが、辻村さんは月を提案しました。そして八鍬監督から「異説クラブメンバーズバッジ」を使ってみては？　とアイデアが出たことで、ついにチーム内で物語が生まれ始めます。辻村さんが仕上げた脚本はとても丁寧で読み応《ごた》えのあるものだったそうです。しかしこのようなドラえもんの映画が生まれることは、歴史の必然だったようにも思えるのです。

『ドラえもん』の読者は、のび太たちが月へ行って冒険することを、心のどこかでずっと夢見てきました。実例を挙げましょう。一九八二年、大長編ドラえもんの第四作『のび太の海底鬼岩城』が連載されているとき、掲載誌の《コロコロコミック》で「チャレンジ!ザドラえもん」という読者参加企画が開催されました。オリジナルのひみつ道具や映画主題歌などを応募するコンテストで、その第一回「ストーリーアイディアコンテスト」で優秀作に選ばれた二作品のうち一作は「のび太の月面城」、月に城をつくって遊んでいたのび太たちが謎の兵隊に襲撃され、逃げ込んだ先の地底世界でかぐや姫と出会い、月爆破の危機を救うというお話だそうで、結果発表時にはなんと藤子先生自らがイメージイラストを描き下ろしました。現在そのカットは『藤子・F・不二雄大全集 大長編ドラえもん』第2巻（小学館）で見ることができます。あのときは受賞者が羨ましくてならなかった! それだけではありません。一九八〇年に《小学三年生》でも「ドラえもんアイディアコンクール」が開催され、金賞を受賞した三つの道具はやはり藤子先生自らがそれぞれ二ページの漫画にしたのですが、その一作が「道路光線」。のび太がこれを使って月まで歩いて行こうとするものの、月が昇ってどんどん傾斜がきつくなり、最後には真っ逆さまに落ちてしまうというオチです。なぜ私がこんな経緯《いきさつ》を知っているかというと、たぶん私の妹が当時《小学三年生》を買っていて、それを借りてリアルタイムで読んだのです。いまは大全集の『ドラえもん』第11巻で読めます。むぎわらさんは試写会で初めて映画を観たそうですが、もちろんこれらのことを知っていたはずで、当時の対談で月に関する昔のアイデアノートを辻村さんに披露し思い出を語りました。そうした歴史が本作には込められているのです。

えっ、マニアックすぎる話だって？　すみません。でも、もうおわかりですよね。のび太たちがいつか月へ行って冒険すること、それは『ドラえもん』の読者がずっと共有し、みんなで育《はぐく》んできた「想像力」でした。それを本家本元の映画で叶《かな》えてくれたのが、『ドラえもん』の読者みんなからバトンを受け取った辻村さんだったのだと私は思います。だからこそ本作『月面探査記』は、みんなの夢と希望の結晶なのです。

八鍬監督はこの物語を映画化するにあたり、脚本の辻村さんに、「のび太たちはどうしてルカたちのために命を賭けられるんですか」「のび太にとって、ルカって何ですか」「友情って、何ですか」と何度も問いかけたそうです。ドラえもんがここにいること、のび太が異世界の人とも友だちになれること、それらは理帆子もいうように、『ドラえもん』読者にとっては空気のように当たり前なことなのですが、大好きなものをちゃんと大好きだと言葉にする、大好きなものをしっかり大切に思う、その当たり前のことを藤子先生は私たちに教えてくれました。本書でのび太がルカに語る台詞《せりふ》や、ドラえもんがクライマックスで悪の権化《ごんげ》に向かって放つ言葉が強い説得力を持って私たちの心に迫るのは、ドラえもんで育ったぼくら、私たちみんなの気持ちがあったから、そして辻村さんという作家がしっかりそのことを受け止め、表現してくれたからだと思います。

辻村さんの他の小説を手に取ると、さらにたくさんの発見があります。「あれ、『島はぼくらと』ってタイトル、『海底鬼岩城』の主題歌『海はぼくらと』に似てるよね？」「『ツナグ』って、なんだかⒶ先生の『笑ゥせぇるすまん』みたい」「『スロウハイツの神様』は手塚治虫《てづかおさむ》先生や藤子先生、Ⓐ先生たちのいたトキワ荘のお話じゃないか！」さらには――。

ドラえもんが生まれる二一一二年まで、きっと『ドラえもん』は、そして本書は、親から子へ、孫へと受け継がれているはずです。そしておそらくいま生まれてくる多くの子たちは、もう九〇年先のその日まで、生きてドラえもんの誕生日を祝えることでしょう。

（せな・ひであき／作家）

本書のプロフィール

本書は、二〇一九年二月に小学館より単行本として刊行された作品を加筆修正し文庫化したものです。併せて「映画ドラえもん　のび太の月面探査記」プレミアム版ブルーレイ&DVDセット封入特典ブックレットに掲載された「ルカの地球探査記」を収録しました。

本作品はフィクションであり、登場する人物・団体・事件等はすべて架空のものです。

宇宙監修／渡辺勝巳（佐賀県立宇宙科学館館長）

小学館文庫

小説《しょうせつ》　映画《えいが》ドラえもん
のび太《た》の月面探査記《げつめんたんさき》

原作　藤子《ふじこ》・F《エフ》・不二雄《ふじお》
著　辻村深月《つじむらみづき》

二〇二二年三月九日　初版第一刷発行

発行人　石川和男
発行所　株式会社 小学館
〒一〇一－八〇〇一
東京都千代田区一ツ橋二－三－一
電話　編集〇三－三二三〇－五九五九
販売〇三－五二八一－三五五五
印刷所―――凸版印刷株式会社

この文庫の詳しい内容はインターネットで24時間ご覧になれます。
小学館公式ホームページ　https://www.shogakukan.co.jp

ISBN978-4-09-407125-2